KB041511

♨

수상한
목욕탕

수상한 목욕탕

초판 1쇄 발행   2022년 7월 31일
초판 3쇄 발행   2023년 1월 30일

지 은 이   마쓰오 유미
옮 긴 이   이수은
펴 낸 이   한승수
펴 낸 곳   문예춘추사

편   집   이상실
마 케 팅   박건원, 김지윤
디 자 인   박소윤

등록번호   제300-1994-16
등록일자   1994년 1월 24일
주   소   서울특별시 마포구 동교로 27길 53, 309호
전   화   02 338 0084
팩   스   02 338 0087
메   일   moonchusa@naver.com

I S B N   978-89-7604-524-9 03830

수상한 목욕탕

마쓰오 유미 지음
이수은 옮김

문예춘추사

프롤로그

느릿느릿, 한 형체가 언덕길을 올라간다.

푸근한 체구에 즐겨 입는 듯한 원피스, 한 손에는 마찬가지로 넉넉함이 느껴지는 손가방을 들고, 다른 한 손으로는 지팡이를 짚고 있다.

앞으로 약간 기운 자세에서 나이가 꽤 많다는 것을 알 수 있지만, 걸음걸이는 가볍다. 지팡이는 어디까지나 만약을 위한 대비일 것이다. 그렇긴 해도 나중에 온 다른 형체가 어렵지 않게 따라잡을 정도지만 말이다.

"먼저 오셨구나."

"어머, 왔어?"

"오늘은 날씨가 좋은가 했더니 또 하늘이 우중충해."

이쪽도 나이가 많은 여성이지만, 먼저 온 사람보다 약간 젊어 보인다. 날씬한 체구에 바지와 블라우스를 입은 편한 옷차림. 백발의 단발머리에 꼿꼿하게 편 상체에는 보자기 꾸러미를 안고 있다.

"빨래 널어놓고 왔는데 괜찮을지 모르겠어."

"비 오려나. 여기 올 때 보면 가끔 날씨가 흐리다 싶다가도 집 가서는 화창하다니까."

"여기만 날씨가 이렇진 않을 텐데."

날씬한 체구의 여성이 농담처럼 건네자 푸근한 체구의 여성은 "바람도 그래."라며 진지한 얼굴로 답했다.

"아침저녁으로 여기 언덕 근처에서 바람 소리가 쌩쌩 들리잖아."

"그래도 우리가 다닐 때는 이렇게 조용하니까 신기해."

"그렇긴 하지."

"그 집 주인 양반이 있었을 때는." 하고 지팡이를 든 손이 언덕길 위를 가리켰다. "그 양반이 쌓은 인덕이라고들 했는데."

그러자 "그건 아니겠지만." 하며 다른 한 사람이 고개를 들어 하늘을 올려다봤다. "그래도 왠지 그렇게 말하고 싶어지는 구석이 있긴 했지."

"그 양반이 있으면 좋았을 텐데."

푸근한 여성이 작게 한숨을 내쉰 것은 오르막길 탓만은

아닌 듯하다.

"요즘도 이런저런 상의할 게 있었거든."

"그 사람이 그렇게 된 건 참 안됐어."

"그러니까. 앞으로 어떻게 되려는지."

이렇게 담소를 나누는데 갑자기 발소리가 들렸다. 두 사람이 뒤돌아보자 역시나 나이가 지긋한 남성이 금세 따라붙었다.

"어머, 오셨네? 방금 얘기하고 있었거든. 이제 어떻게 되는지 하고. 그 집 주인이 돌아가셨으니까."

키가 큰 남성은 잠시 옆에서 걸으며 두 사람의 얼굴을 뚫어지게 봤다.

"아무것도 모르면서 그러지!"

그렇게 꾸짖듯 말을 내뱉은 남성은 더 앞질러서 먼저 올라갔다.

"왜 저런대. 화를 다 내고."

"못된 사람은 아닌데 말이야. 맞아, 근데 저번에……."

계속해서 말을 주고받는 두 사람이 언덕 중반에 다다를 즈음엔 그 뒤로 보이는 노인들이 더 늘어나 있었다. 한 사람씩, 혹은 둘이서 도란도란 대화를 나누며 비슷한 속도로 완만한 비탈길을 오른다.

"이제 거의 다 왔네."

날씬한 여성이 큰 접시 같은 게 들어 있는 듯한 둥글고 평평한 짐꾸러미를 소중한 귀중품인 듯 고쳐 안는 동안 두 사람은 잠시 멈춰 길의 끝자락을 봤다.

아까 앞질러 간 남성이 마침 들어가는 중이었다.

작은 언덕 위에 우뚝 솟은 그곳, 특이한 모양새를 한 건물이었다.

온통 까맣고, 큰 지붕은 날개를 펼친 듯하며, 높은 굴뚝은 쭉 뻗은 목과도 같아 하늘을 향해 포효하는 것처럼 보이기도 한다.

아침저녁으로 알 수 없는 바람이 분다고 하는 언덕에서 주인이 사라진 지금도 나이가 지긋한 이들을 빨아들이듯 끌어당기고 있는, 그곳은 바로…….

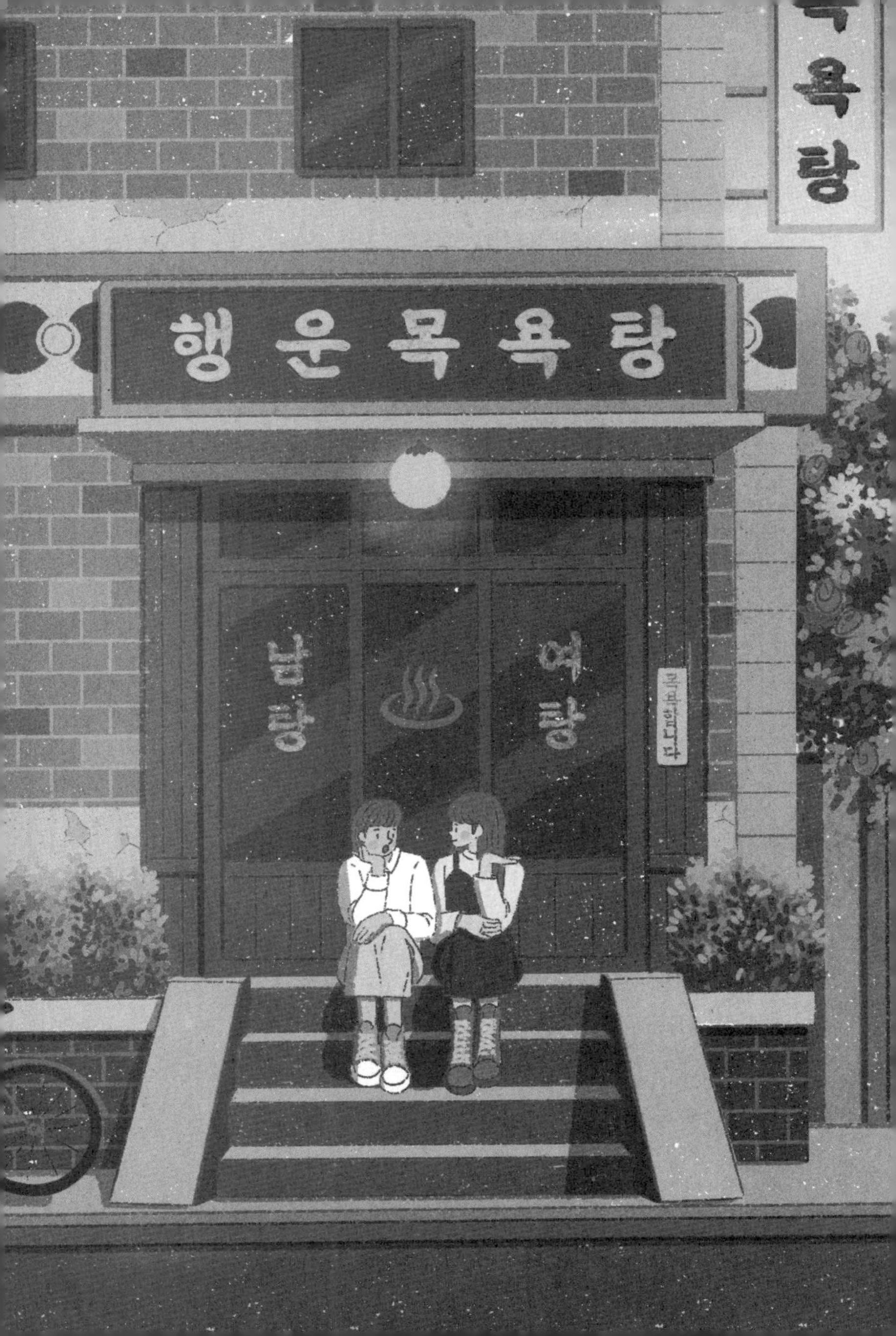
행운목욕탕
남탕
여탕

1

어디선가 작은 새가 지저귀는 소리가 들려왔다.

아직 뜨거운, 그렇지만 확연히 가을임을 느끼게 하는 햇살이 나무들 사이로 어깨에 내리쬐고, 오솔길 끝에 있는 풀잎을 바람이 살며시 흔든다.

멋진 곳이야, 라고 생각했다. 어머니가 오래전부터, 아버지도 몇 년 전부터 이곳에 잠들어 있다는 걸 보여주는 회색 돌을 바라보면서.

'엄마, 나 어쩌면 좋을까.'

마음속으로 그렇게 말한 것은 오늘이 어머니의 기일이기 때문이다.

부모님이 살아 계셨더라면 지금 내가 고민 중인 이런 종류의 문제에는 아버지가 더 구체적인 조언을 해주셨을 것이다.

그렇다곤 하지만 이렇게까지 속수무책인 상황에 '구체적인 조언' 같은 건 얼마나 도움이 될지 알 수 없는 법이기도 하다.

"분명히 어떻게든 될 거야."라는 어머니의 말, 어릴 적 내게 자주 해주던 그 말이 아무런 근거가 없을지라도 오히려 지금 내게 필요한 것인지도 모른다.

쩍쩍, 작은 새는 아직도 울고 있었다. 그야말로 '작은 새의 울음소리'를 그림으로 그린 것 같은, 아니 그건 좀 아닌가, 음성 샘플로 담은 것 같은 사랑스러운 새소리.

그 새소리를 들으며 나는 한숨을 한 번 내쉬었다.

"아마 어떻게든 될 거야."

엄마 대신 내가 마음속으로 다시금 되뇌었다. 그러고서 "엄마, 갈게요. 또 올게." 소리를 내 그렇게 중얼거리고 묘지 입구를 향해 걷기 시작했다.

내 그림자가 아무런 말 없이 뒤따라온다.

새소리도 나를 쫓아오는 것 같았지만, 그럴 리는 없을 테고 주변이 조용해서 잘 울리기 때문일 것이다.

다른 새소리 ─ 삐익, 하고 길게 이어지는 소리도 들려왔다. 높은 곳에서 들리는 걸 보니 다른 새겠지만, 첫소리라고 할지 아까 들린 것과는 달리 그다지 새 같은 느낌이 없고,

사랑스럽지도 않다.

입구에 다다랐을 때, 우연히 올려다본 나무의 꼭대기에 작은 새의 실루엣이 보였다. 부리를 벌리고 있어서 아까 쩍쩍 울던 것이 그 새라는 사실을 알 수 있었다. 놀랍게도 쩍쩍 소리뿐만 아니라 이어서 들리던 삐익 하는 소리도 같은 새가 낸 소리였다.

한 세기의 4분의 1이나 살았어도 아직 모르는 게 많구나. 새삼스레 그런 생각을 하며 쳐다보고 있자 바로 옆에서 남자의 목소리가 들렸다.

"방울새네요."

나는 깜짝 놀라 몇 걸음 뒤로 물러나다가 자신의 그림자를 밟을 뻔했다.

"아, 실례했습니다. 갑자기 말을 걸었죠."

차분한 저음이지만 아직 앳된 목소리의 주인은 살짝 긴 까만 머리를 뒤로 넘기고 짙은 남색 양복 차림을 한, 목소리 못지않게 잘생긴 사람이었다.

"사쿠마 시즈코 씨의 따님이시죠? 예전 성으로 아카기 시즈코 씨의?"

"네?"

분명히 어머니의 이름이 맞긴 한데—

"오늘이 기일이니까 여기 오면 뵐 수 있을까 해서요. 저는 이런 사람입니다."

그렇게 말하며 내민 명함에는 '기도 법률 사무소 조수 구라이시 토오루'라고 적혀 있었다.

"저희 소장님이신 기도 변호사님이 꼭 뵙고 싶다고 하십니다. 중요한 이야기가 있어서요."

"중요한 이야기요?"

"그 설명을 드리고 싶은데 사무실까지 함께 가주실 수 있을까요."

깔끔한 이목구비의 얼굴은 다정한 느낌이라기보다는 어느 쪽인가 하면 차가운 느낌이 든다. 나이는 나보다 약간 많으려나? 목소리가 부드럽고 태도도 무척 정중하지만, 한편으론 단호함이 느껴지는 면도 있다.

"저어…… 지금 가나요?"

"괜찮으시다면 말이죠. 근처에 차를 대기시켜뒀습니다. 물론 두 분이 함께."

당연하게도 망설이고 있는데, 구라이시라는 남자가 내 등뒤를 들여다보는 듯한 느낌에 돌아서서 여동생의 얼굴을 바라보았다.

아까부터 쭉 이곳에 있었다 — 내 뒤에 딱 붙어 있었던 것이다. 내 키나 몸집도 특별히 평균을 웃도는 것은 아니지만, 여동생은 남달리 왜소하고 가냘파서 이렇게 하면 쏙 가려진다.

집 밖에서는 언제나 이렇다. 그 위치에서 나오는 법이 없고, 말도 거의 하지 않는다.

여동생은 '집 밖에서 나는 리오의 그림자'라고 스스로 말한다. 그게 좋다고, 가능하면 그런 식으로만 다니고 싶을 정도라고.

낯가림,이라는 말은 흔히들 하지만, 여동생의 경우는 그 정도가 좀 더한 것 같다.

이름은 사오다. 사쿠마 사오. 나보다 여섯 살 어린 열아홉 살이다.

결국 사오와 나는 구라이시 씨의 차에 탔다.

수상해 보이는 상황은 아닌 것 같다고 판단했다 — 먼저 구라이시 씨가 사무실로 전화해 소장인 기도 선생님(여자분)과 통화하게 해주었고, 그 선생님이 무척이나 변호사다운 어조로 엄마를 언급하며 중요한 이야기가 있다고 거듭 말했기 때문이다.

거무스름한 차가 미끄러지듯이 달리는 동안 운전석에 있는 구라이시 씨는 거의 말이 없었고, 곁에 있는 사오는 당연하게도 조용했다 — 평소보다 더욱 경계심을 나타내며 별 뜻 없는 내 질문에도 대답하지 않았다. 그래서 나는 요즘

한창 벌어지고 있는 '속수무책'인 상황에 대해 곰곰이 생각해보았다.

아버지가 병사한 것은 3년 전. 운영하고 있던 작은 회사가 도산하면서 생긴 빚을 간신히 모두 갚은 직후였다.

내가 대학을 졸업하고 이른바 사회인으로서 첫발을 내디뎠을 때는 부모님도, 집도, 물론 부모의 유산도 없이 취직한 회사의 (그렇게 많지 않은) 월급으로 여동생과 둘이 사는 살림의 생계를 꾸려나가게 되었다.

그때 열여섯 살이었던 사오는 어려서부터 조금 특별한 아이였다.

글자나 계산은 빨리 배우는데, 한편으로는 이해하는 데 무척 어려움을 겪을 때도 있었다. 낯을 많이 가리고 낯선 곳에 가는 걸 좋아하지 않았다. 아버지가 가족여행 계획을 세워서 나는 기대하고 있었는데, 동생이 싫다고 울어서 결국 가지 않은 적도 있었다.

초등학교 6년 내내 친구를 사귀지 못했고, 중학교에서는 등교를 거부하면서 어찌어찌 들어가게 된 고등학교도 금방 그만두게 되었다.

등교하지 않게 된 계기는 2학년 때 반에서 일어난 사건 — 사건이라고 해도 극히 사소한, 누구 물건이 없어졌다 하는 그런 일이었던 것 같다.

그런 일이 있었는데 자세히는 모르겠지만 그 사건에서 사오가 어떤 역할을 한 것 같다. 그렇다고 피해자나 범인, 증인도 아니긴 하지만.

어쨌든 결과적으로 가장 크게 잘못한 범인보다 오히려 사오가 더 반에서 거북한 처지가 되었고 뒷말을 듣게 됐다고 한다.

그 원인은 아마도 원래 존재했던 반에서의 위치 때문일 것이다. 머리는 좋지만 반장을 할 타입은 아니고, 흔히 말하는 여자아이다운 성격은 아니지만 그렇다고 남자애들과 마음이 잘 맞는 것도 아니다.

동급생들로서는 '귀찮고 별난 애'였을 게 분명하지만, 막상 직접 보면 지금까지의 설명으로 그려지는 상상 속 느낌과는 아마 다를 것이다.

일단 어린애 같다. 체구가 왜소한 탓도 있어서 중학교 때는 초등학생으로 보였고, 열아홉 살인 지금도 거의 열다섯 살로밖에 보이지 않는다.

그리고 귀엽다. 미소녀라고 할 수도 있겠지만, 새침한 타입은 아니고 둥근 얼굴 모양에 사랑스러운 생김새다.

미소를 지으면 천사 같아 보일 수도 있겠지만, 웬만해서 그럴 일은 없다 ─ 오랫동안 함께 살아온 친언니인 나조차 '봤다'는 확실한 기억이 없다. 그렇다고 퉁명스러워 보이는 것도 아니고, 표정의 변화가 극히 적은 것이다.

그렇긴 해도 살짝 갈색빛이 도는 긴 머리 사이로 똘망똘망한 눈을 떠 이쪽을 바라보거나 하면 강아지 같은 특유의 사랑스러움이 있기에 '귀엽단 말이야'라고 진심으로 생각하게 된다.

그와 동시에 '엄마를 닮았어'라고도. 내가 여덟 살 때 돌아가신 어머니는 둥근 얼굴에 사랑스럽고 예쁜 사람이었다.

하지만 성격은 아주 다르다. 어머니는 다정다감하고 차분했는데(내가 아직 어렸기 때문에 그런 얼굴밖에 보여주지 않았던 것인지도 모른다) 사오는 도도하다고 할까, 조심스럽다고 할까.

옷차림은 천연 소재로 만든 원피스인 경우가 많은데 그 안에 보강재가 들어간 코르셋을 입고 다닌다. 뷔스티에라고 하던가, 브래지어가 같이 있는 허리 바로 위까지 오는 스타일이다.

원래는 체형보정을 위한 물건이라 체구가 작고 가냘픈 사오에게는 필요도 없고, 효과도 없는 물건이다. 그런데도 그걸 입는 이유는 '갑옷' 같아서 '마음이 편안해지기' 때문이라고 한다.

당연히 정말로 '적이 습격한다'라고 생각했던 건 아니고, '세계는 악의로 가득한 곳'이라는 정도의 막연한 생각으로 상징적인 의미에서 그랬던 것 같다.

아마 동일한 이유로 외출할 때 다리에는 안전화 비슷한 튼튼해 보이는 엔지니어 부츠를 신고 나간다. 본인의 외모나 원피스와는 미스매치 같으면서도 오히려 독특한 조화를 이루는 것 같기도 하다.

그런 여동생과 오래된 아파트에서 살면서 나는 회사에 다니고, 사오는 계속 집에서 집안일을 도맡고 있었다.

사오가 등교를 하지 않게 됐을 무렵, 아버지는 학교에 가라고 강요하지 않는 대신 조건을 내걸었다. 많은 책 — 폭넓게 여러 책을 읽는 것, 또 하나는 그 무렵에 일주일에 세 번 오던 가정부 아주머니에게 집안일의 기본을 배우라는 것.

당시 대학생이던 나는 집에 있으면서 책을 읽고 요리나 청소를 배우는 건 쉬운 일이라고 생각해서 아버지가 동생을 너무 받아주는 게 아닐까 생각하곤 했다. 내 중학교 시절을 돌아보면 물론 즐거운 시간도 있었지만, 그렇지 않았던 적도 나름대로 많았으니까.

그렇게 배운 후로 사오는 집안일을 잘하게 됐고, 우리집 형편이 달라지며 가정부 아주머니를 고용할 여유가 없어진 뒤로는 대부분의 일을 사오가 맡게 되어 지금에 이르렀다.

특히 요리를 잘하는데, 비용을 크게 들이지 않고 맛있게 요리하는 법도 잘 알고 있었다.

지금 살고 있는 집에는 베란다가 없어서 베란다에서 키울 수는 없지만, 창문 난간에 판자를 깔아 화분을 놓고 방울토마토를 키운 다음 그걸 말려 드라이토마토로 만들기도 한다.

이른 아침에 공원이나 제방을 산책하며 먹을 수 있는 들풀을 캐서 데치거나 무침, 튀김도 만든다.

집주인 할머니는 우리의 사정을 뻔히 아셨던 터라 김이나 통조림을 주시기도 했고, "어려울 때는 집세를 좀 기다릴 수 있단다."라고 넌지시 말씀하시기도 했다. 그 호의가 감사하더라도 매달 꼬박꼬박 월세는 냈지만.

그러나 올여름에 내가 근무하는 회사가 경영을 축소하며, 몇몇 부서가 통째로 없어지게 됐다. 다음 달부터는 내가 소속된 부서도 없어진다.

지금 담당하고 있는 기술자료 번역을 외주로 돌릴 수 있다고는 하지만, 그렇게 되면 수입은 격감한다 — 지금은 이런저런 자잘한 업무도 있고, 그걸 포함한 '월급'을 받고 있기 때문이다. 어떻게든 비슷한 조건의 일자리를 찾고 싶지만, 그렇게 잘 풀릴 것 같지도 않은 상황이다.

그러던 차에 집주인 할머니가 요양원에 들어가시면서 조카가 아파트 관리를 도맡게 됐는데, 그 조카는 (그게 당연한 거지만) '어려울 때는 좀 늦어도 괜찮아요'라고 말할 사람이 아니었다.

한마디로 지금 당장은 아니지만, 머잖은 미래에 여동생과 나는 길거리를 떠돌게 될지도 모른다.

그런 절박한 위기에 처한 것도 모자라 두 달 전쯤에 사귀던 남자친구와 이별한 것도 아직 마음 정리가 되지 않았다.

부모님의 묘비 앞에서 내가 한숨을 쉬었던 것은 이러한 사정이 있어서였다.

"큰삼촌……이라고요? 저희의?"

짙은 갈색으로 통일된 인테리어에 가구나 소품들도 실용성이 뛰어나다기보다는 약간 클래식하면서도 우아한 멋이 있었다. 그런 사무실에서 나는 방금 들은 말을 되풀이했다.

"맞아요."

기도 변호사님이 깊게 끄덕이며 말했다. 검은 뿔테 안경을 쓴 40대 중반의 여성, 옷차림은 수수하면서도 멋진 센스가 돋보이는 정장이다. 은은하게 풍기는 향수도 우아하고, 변호사님이라기보다 세련된 사모님에 가까운 분위기다.

조수인 구라이시 씨가 내온 커피를 "드세요."라고 우리에게 권하고 나서 변호사님은 말을 이었다.

"어머님이 결혼하시기 전의 성씨는 아카기인데, 어릴 적에 아카기라는 부부의 양자가 되셨기 때문이고 출생했을 당시에는 스나다 시즈코 씨였어요. 집안 사정으로 그렇게 됐다고 들었어요."

그 말을 듣고 보니 아버지에게 그런 이야기를 들은 기억이 희미하게 났다. 집안 사정으로 자식이 없는 부부에게 입양이 됐다고.

"태어나신 본가, 스나다가의 아드님이시죠. 어머니의 친형제인 오빠분께서 저희한테 이번 조사와 유언 집행을 의뢰하신 겁니다."

우리는 '삼촌', '이모'라는 말 자체와 연이 없다고 생각했다. 아버지는 외아들이고, 어머니도 그러리라고 막연하게 여기고 있었다.

그렇지만 생각해보면 '아이 없는 부부에게 입양이 됐다'라고 한다면, 원래 집에 형제가 있었다고 생각하는 편이 자연스러울 것이다.

방금 들은 말에 따르면 사실 우리에겐 큰삼촌, 핏줄이 이어진 친척이 있었던 것이다. 다만 만날 수는 없었다 — 올여름에 돌아가셨다고 한다.

기도 변호사님의 말씀에 따르면 어머니의 오빠, 우리에겐 큰삼촌이 되는 분은 큰 병으로 남은 생이 그리 길지 않았음을 알게 된 것을 계기로 어릴 적에 헤어진 여동생을 찾기로 마음먹었다.

의뢰에 따라 조사를 진행한 결과, 17년 전에 사망했다는 것을 알게 됐다. 사쿠마라는 사람과 결혼해서 두 딸을 낳았다는 사실도.

그 딸들의 행방을 찾기 시작했을 때, 본인께서 불의의 사고(사다리에서 발이 미끄러진 것 같다)를 당해 돌아가시게 되었다. 변호사님은 그런 식으로 설명했다.

"아쉽네요." 하고 내가 말했다. "삼촌을 뵙고 싶었는데."

"저희도 참 안타깝습니다."

기도 변호사님은 또다시 깊게 끄덕이며 멋들어진 상의를 걸친 어깨에 걸린 머리칼을 뒤로 쓸어넘겼다.

"그래서 말이죠."

안경의 위치를 고치고는 변호사님은 말을 계속했다.

"스나다 씨의 유언에 관한 건인데요."

"유언?"

"네. 스나다 씨는 계속 독신이셨고, 돌아가신 어머님 외에 다른 형제분도 안 계셨습니다. 유일한 혈육인 두 분, 사쿠마 리오 씨와 사오 씨에게 유산을 상속해달라고 말씀하셨어요."

유산. 그 단어를 듣자 심장이 쿵 하고 뛰었다.

다행이라는 안도감이 들었지만, 금세 그런 자신이 부끄러워졌다. 하지만 으레 하는 길거리에 나앉게 되었다는 말이 현실이 될 상황인지라 그 말이 무척 매력적으로 들려온 것은 사실이다.

곁에 있는 사오 쪽을 보자 나를 바라보는 반짝이는 눈동자에서 내심 희망이 솟구치는 것이 느껴졌다. 그렇다고 입가가 느슨해지진 않았지만, 사오는 본래 평상시에도 표정에 변함이 없다. 남의 시선을 의식해서 감정을 숨기고 있는 건 아닐 것이다.

"그 유산의 내역 말인데요."

변호사님은 앞에 있는 서류들을 들여다보며 말을 이었다.

"현금은 크게 없으시고, 주로 부동산 그리고 사업 관련인데, 상속에 대한 조건도 있어요."

부동산. 사업. 모두 듣기만 해도 눈이 반짝이는 말들이다─하지만 조건이라니?

"부동산이라는 게 말이죠." 변호사님은 담담하게 계속 이어나갔다.

"옛날식 공중목욕탕, 흔히 말하는 대중목욕탕 건물과 그 토지입니다. 미리 말씀드리자면 그다지 신식 건물이 아니고, 입지로 봐도 역에서는 조금 거리가 있어요. 사업이라는 건 그 목욕탕의 경영입니다. 아주 순조롭다고 할 순 없지만, 매우 적기는 해도 계속해서 흑자를 내고 있어요. 그리고 그 사업─목욕탕 경영을 가능한 한 계속해나가며, 건물과 현재 근무하는 두 직원도 그대로 유지한다는 것이 상속 조건에 해당합니다."

역까지의 거리는 몹시 멀다고 할 정도는 아니었다.

내 걸음으로 20분쯤 걸릴까. 변호사님의 말처럼 '조금 거리가 있다'는 표현이 맞겠지만, 주로 찾는 손님들은 역에서 오기보다 가는 길에 집이 있을 것이다.

걷는 것을 마다하지 않는 손님들이 있기에 지금까지 운영이 됐던 것이고. 변호사님에 따르면 '매우 적은 흑자'인 것 같긴 하지만.

상속을 받아들이거나 받아들이지 않거나, 그 여부는 본인들의 선택에 달린 것이다. 어쨌든 직접 한번 방문해보면 어떻겠냐는 변호사님의 제안에 따라 사오와 나는 이 마을을 찾게 된 것이다.

변호사 사무실을 방문한 그다음 주였다. 화창했던 그 날의 날씨와 달리 오늘은 하늘이 흐리고 우중충하다.

"얼마나 오래됐는지, 지은 지 몇 년 됐는지, 숫자로 봐도 직접 가보지 않으면 어떤 느낌인지 알 수 없으니까요."

짙은 갈색으로 통일된 사무실에서 잘 차려입은 정장 사이로 얼핏 보이는 진주목걸이를 한 변호사님은 그렇게 말했다.

"거리감도 마찬가지예요. 실제로 걸어봐야죠. 길이 한적한지 북적거리는지, 쭉 가는지 꺾였는지, 다양한 요소에 따라 느낌이 달라지니까요."

그 말이 맞다. 실제로는 비슷한 거리라도 '아직도 남았다고?'라며 불평이 나오거나 '벌써 다 왔어?' 하고 놀라는 일은 자주 있다.

내 경험상 멀게 느끼는 건 주변 풍경이 한산할 때, 또는 차가 많거나 보도가 좁아서 걷기가 불편했을 때 같은데⋯⋯.

이곳의 경우는 '한산'에는 해당하지 않는다. 역 근처의 상가는 적당히 붐비고, 북적거리는 거리를 지나면 단독주택이 많은 주택지라 조경도 깔끔하게 되어 있다.

문제는 그 주택지를 빠져나간 뒤였다.

길이 점점 좁아지면서 굽이치더니 마지막에는 오르막길이다. 경사가 급한 건 아니지만, 그래도 길이가 꽤 되는 비탈길이었다.

갑자기 눈앞에 나타난 자그마한 언덕을 오르게 되면 양옆에는 나무뿐인데, 그 나무가 쭉 뻗어 있지 않아 기분 탓인지 구부정하게도 보이고, 또 초가을치고는 나뭇잎이 얼마 남지 않은 듯도 하다.

한산한 것이 아니라 운치가 있다. 다만 황량한 운치 ─ 라는 생각이 들고 마는 건 날씨 탓도 있을 것이다.

그런 길을 지나 어르신이라면 슬슬 저절로 곡소리가 나올 법한 언덕길 끝에 그 목욕탕이 서 있었다.

주택지보다 한층 높은 곳에 우거진 잡목들 사이로 굴뚝과 지붕이 커다란 건물이 솟아 있었다.

예스러움을 간직한 목욕탕다운 목욕탕. 그런 생각이 들었지만, 실제로 그런 곳에서 목욕해본 적은 없다. 따지고 보면 앞을 지나가본 적조차 없이 영화 같은 데서 본 것뿐인지도 모른다.

"고딕 소설에 나오는 집 같다."

내 뒤에 있던 사오가 웬일로 입을 열어 속삭이듯 말했다.

사오는 영화에서조차 그런 건물을 본 적이 없으니 나보다 훨씬 신선한 놀라움을 느꼈을 것이다.

언뜻 희한한 첫인상 같았지만, 듣고 보니 고개가 끄덕여질 것 같은 기분이기도 했다.

어딘가 현실과 동떨어진 느낌이 드는 것이 절이나 신사와 닮은 구석이 있으면서도 또 그렇게까지 훌륭한 건물은 아니다. 그보다는 평범한 가정집 — 무척 오래된 집의 연장선상에 있는 건물 같기도 하다.

경사가 심한 커다란 지붕, 육중한 굴뚝 덕분에 하늘을 찌르는 것처럼 보이는 외관이다. 마침 하늘도 흐려서 역광까지는 아니어도 시커멓게 보였다.

더 가까이 가니 유리문 안쪽에 닫혀 있는 천막이 보이고, 그 천막에는 비바람에 바랜 듯한 남색 바탕에 흰 글씨로 '행운 목욕탕', 세월이 느껴지는 글씨가 적혀 있었다.

"변변치 못한 차인데, 한잔 드세요."

실생활에서는 그다지 들어본 적이 없는 오래된 소설에 나올 법한 말을 의자에 큰 몸을 구겨 넣듯 앉은 남자가 건넸다.

목욕탕 안쪽에 있는 사무실에서 우리와 마주하게 된 두 사람 ─ 차를 권하는 남자와 그 차를 가져다준 여자는 변호사님이 말했던 '직원'이었는데, 많은 의미에서 나의 상상과는 거리가 있었다.

먼저 나이다. 오래된 목욕탕의 직원이라고 해서 자연스레 연배가 있는 분을 상상했는데, 생각보다 훨씬 젊다.

30대 정도로 보이는 두 사람이 남매라는 것도 의외였고, 두 사람의 생김새나 분위기도 마찬가지였다.

어느 나라인지는 알 수 없지만, 직접 소개한 미나카타 글렌과 미나카타 엘렌이라는 이름, 까무잡잡한 피부와 생김새만 보더라도 외국인임을 짐작할 수 있다.

두 사람 모두 아름다운 외모지만, 흰 티셔츠 차림의 오빠는 터프하면서 어딘가 그늘진 분위기, 수수한 블라우스를 입은 여동생은 늘씬하고 우아해 어딘가 신비로운 분위기다.

커다란 까만 눈동자를 제외하고는 요목조목 따져보면 이목구비도 그다지 닮은 구석이 없다. 하지만 분위기가 비슷해서 남매가 맞겠구나 하고 수긍이 가는 두 사람이었다.

"여기 오는 데 많이 멀었나요?"

"아뇨, 괜찮았어요."

"동생도 저도 정말 감사하고 있어요. 스나다 씨의 친척분이 새로 맡아주시게 된다니……."

"아, 그게……."

"걱정 마세요."

얼굴 앞에서 손을 흔들고는 "일은 저희가 할 테니까요. 힘쓸 일 같은 게 있으면." 하고 미나카타 글렌이 낮은 목소리로 말했다.

이마로 내려오는 물결치는 검은 머리칼, 더듬거리는 말투, 평소에 과묵한 사람이 애를 써서 말을 건네는 느낌이다.

"불 관리는 오빠가 맡고 있고요."

긴 머리를 뒤로 묶은 동생 엘렌이 입을 열었다. 마찬가지로 낮은 목소리지만 또렷하고, 말투는 훨씬 자연스럽다. 오빠를 보는 옆얼굴의 이마에서 코로 이어지는 라인도 물 흐르듯 자연스럽게 떨어진다.

"청소는 저한테 맡겨주시면 돼요."

"아니, 그래도 목욕탕 청소를……."

일반 가정집의 욕실도 나름 손이 제법 간다. 하물며 목욕탕인데 여리여리한 여자 혼자서 괜찮을 거라고 보기는 아무래도 어렵다.

"괜찮아요, 계속 그렇게 해왔으니까."

"동생은 노하우가 있으니까요."

닮은 듯 또 다른 남매가 동시에 이쪽으로 시선을 보내더니 고개를 끄덕였다.

"그렇구나……."

딱히 다른 말을 찾지 못한 나는 그렇게 답했다. 옆에 있는 사오는 당연하게도 잠자코 있기에 무슨 생각을 하고 있는지 짐작조차 가지 않는다.

"아까 오빠가 말씀드린 것처럼 두 분은 오너로서 주로 사업 관리를 해주셨으면 해요."

엘렌이 똑 부러지게 말했고 글렌은 마음을 놓은 듯 가만히 있었다. 연장자로서 입을 열었을 뿐, 사실 속마음은 전부 여동생에게 맡기고 싶어 한다는 게 물씬 느껴졌다.

"물품 구입이나 장부 기록 같은 일들도 스나다 씨를 도와서 업무를 봤고, 나중에는 저희가 거의 맡아서 처리했을 정도니까요. 두 분은 확인만 해주시면 됩니다. 솔직히 따로 업무를 드리는 일 없이 편하게 지내주시면 좋겠는데요. 다만⋯⋯."

"다만⋯⋯?"

남매는 눈을 마주 보고 잠시 머뭇거리더니 입을 열었다.

"여동생도 그렇고 저도⋯⋯."

"뭐라고 할까요. 내성적이다?"

"맞아, 내성적." 글렌이 고개를 끄덕였다. "한마디로 하면 어려워합니다. 사람들 앞에 나서는 걸."

"손님들과 대화하는 것도요. 잠깐은 괜찮지만 길어지면 난감해서요."

두 사람이 그렇게 말하자 나는 당황하며 물었다.

"저, 무슨 말씀이신지⋯⋯?"

"아, 그러니까⋯⋯."

"그게⋯⋯."

"부탁을 드리고 싶어요." 글렌이 말했다. "이거 하나만큼은 꼭⋯⋯. 스나다 씨가 하셨던 일이요."

"무슨 부탁인데요?"

"앉아주셨으면 해요. 저 자리에."

"목욕탕 카운터에." 그러곤 엘렌이 다시금 못을 박았다. "저 자리만큼은 꼭 두 분께 부탁드리고 싶어요."

'두 분께', 미나카타 엘렌은 그렇게 말했다. 하지만⋯⋯.

"아무튼 언니한테 부탁한다는 거잖아."

집에 돌아온 후, 사오는 방 한편에 다리를 포개고 앉아 시선을 들어 내 얼굴을 바라보며 말했다.

"뭐, 아직 어린 너한테 부탁할 수 있을 거라고 생각하진 않을 거야."

"미안해."

"괜찮아. 왜 사과를 해."

"알았어." 여동생은 고개를 끄덕이더니 이제 어떻게 할 건지 물었다.

"차라도 한잔하면서 얘기해볼까. 어제 먹은 물양갱, 아직 남았지?"

사오의 수제 물양갱. 이제 가을에 접어들어 계절감은 좀 다르지만, 팥을 약간만 넣어 설탕과 한천으로 만들 수 있는 꽤 가성비 좋은 디저트라 우리 집에서는 일 년 내내 맛볼 수 있다.

저렴하게 사뒀던 호지차를 끓여 방바닥에 작은 테이블을 깔고 앉았다. 좁은 부엌 옆에 작은 방이 있고, 그 안쪽에 약간 더 큰 방이 있는 구조라 의자나 소파를 두기가 어렵다.

"언니는 어땠어? 그 목욕탕?"

"사오는?"

나는 되물었다. 두 사람 중에서 세상 물정을 더 알고 있는 것은 나지만, 사오의 직감은 좀처럼 얕잡아볼 수 없다.

"난 재밌었던 것 같아. 그리고 즐거웠어."

두 사람과 이야기를 나눈 후, 영업 시작 전에 '행운 목욕탕'을 견학했다.

신발장이 늘어선 출입구 안쪽이 대기실인데, 그 공간까지는 벽면과 바닥이 신식이라 나중에 증축된 부분임을 알 수 있다. 그 끝에 있는 것이 카운터다. 두 사람의 제안에 응하면 내가 앉게 되는 자리다.

카운터 좌우로 '남탕', '여탕'이라고 적힌 천막이 있고, 그걸 지나면 탈의실이 나온다. 벽과 바닥, 나무로 된 사물함도 꽤 세월이 느껴지지만 먼지 하나 없이 깔끔했고, 나무로 된 곳들은 꼼꼼히 닦은 듯 빛이 났다.

곳곳에는 목욕탕에서만 볼 수 있는 도구들 — 큰 체중계, 머리에 덮어쓰는 드라이어 등도 줄지어 자리했다. 드라이어는 벽에서 바람이 나오는 타입도 있는데, 둘 다 돈을 넣는 투입구에 '300원'이라고 적혀 있었다.

그리고 안쪽에 있는 유리로 된 미닫이문을 열자 그야말로 목욕탕임을 느낄 수 있는 장소 — 욕탕이 나왔다.

"조심히 들어오세요." 안내를 하는 엘렌의 목소리도 괜스레 정중하게 들리는 그곳은 그러한 차분함이 잘 어울릴 법한 공간이었다.

조곤조곤한 목소리가 높은 천장까지 울려 퍼져, 천장으로 들어오는 빛이 밝은 색감의 타일 바닥에 내리쬐는 그곳은 (가본 적은 없지만) 마치 외국에 있는 교회처럼 보였다. 양쪽에 늘어선 샤워기마저 머리를 숙인 신자처럼 보이는 것 같기도 했다.

게다가 안쪽에는 벽화도 있었다 ― 모자이크 타일 벽화인데 들판(목장?) 사이로 집들이 군데군데 그려져 있고, 저 멀리 높은 산이 솟아 있는 풍경이었다. 어딘가 유럽을 연상케 하지만, 어느 나라라고 딱 말하기는 어려웠다. 적어도 저 산이 후지산이 아닌 것만은 확실했다.

참고로 지금 설명한 건 여탕의 그림이고, 나중에 보여준 남탕의 벽화는 허브로 보이는 풀잎이 무성한 황무지가 영국을 연상케 하는 그림이었다.

"목욕탕에서 보기 드문 그림이네요?" 그렇게 떠오른 생각을 엘렌에게 말하자 그녀는 그럴지도 모르겠네요, 라고 답했다.

그 전에 "목욕탕치고는 작은 편인가요?"라고 물었을 때도 그럴지도 모른다는 대답이었으니 아무래도 그녀는 다른 목욕탕에 대해서는 잘 모르고, 비교 대상이 되는 기준도 없는 것 같았다.

애매모호한 대답을 반복하자 마음에 걸렸는지 벽화 아

래를 가리키며 "욕조가 세 개 있어요." 하고 자신 있게 누가 봐도 알 수 있는 사실을 말해주었다.

각각 '온탕, 열탕, 거품탕'인 것 같은데, 들여다보니 이미 물이 찰랑찰랑하지만 아직 가동이 되지 않는 듯 거품은 나지 않았다.

"혹시 잠깐 들어가 보시겠어요?"

엘렌의 말에 나는 깜짝 놀랐다. 뜨거운 물에 몸을 담그면 좋겠다, 하고 내심 생각하고 있었기 때문이다.

"아뇨, 영업시간도 있고……."

"괜찮아요. 손님이 오시려면 아직 멀었거든요."

나는 망설였다, 무척 혹한 건 사실이지만.

"어떻게 할까?"

동생 쪽을 돌아보며 묻자 사오는 영리한 강아지 같은 눈빛을 보내며 "기왕 온 거 들어가 볼까?" 하고 응했다.

이렇게 해서 우리는 영업 시작 전에 목욕탕을 독점해보는 사치를 누렸던 것이다.

가장 큰 욕조에 나란히 몸을 담그고, 쭉 뻗은 손발의 마디마디로 전해져오는 노곤함에 몸을 맡겼다.

'아, 시원하다.'

큰 목욕탕은 역시 좋다.

내 월급으로는 여행을 갈 여유도 없지만, 당일치기 온천

정도는 분발해볼까 싶은 마음에 사오에게 가자고 해본 적도 있다. 그렇지만 "언니만 다녀와. 나는 괜찮으니까." 하며 사람을 별로 좋아하지 않는 사오로부터 예상했던 대답이 돌아오면 무심코 "그냥 말지, 뭐." 하고 다음번으로 넘기게 되곤 했다.

그래서 큰 목욕탕에 몸을 담그는 것은 대학교 때 동아리 합숙을 갔던 이후로 처음이었다.

그리고 사오와 함께 목욕하는 것도 동생이 어렸을 때 이후로 십몇 년 만의 일이었다.

"시원하다, 그치?"

내 말소리가 높은 천장에 메아리처럼 울려 퍼졌다. 평소와 약간 다른 자신의 목소리를 들으며 문득 사오는 별로 좋아하지 않고 있을지도 모르겠다는 생각이 들었다.

아까 "들어가 볼까?"라고 말했던 것은 내가 들어가고 싶어 하는 걸 알고 나를 생각해서 말했던 것이다. 아까 봤던 시선을 떠올리며 새삼스럽게 깨닫게 되었다.

만약 그렇다면 무리하고 있는 걸 텐데⋯⋯. 그렇게 생각한 내가 서둘러 얼굴을 들여다보자 사오의 표정은 여느 때와 사뭇 달랐다.

눈꼬리에서 볼까지 이어지는 선이 어딘지 부드러웠고, 평소보다 입꼬리가 느슨하게 풀어졌다.

부드러운 머리칼을 위로 싹 올려 묶은 탓도 있어서인지 평소보다 천진난만하게도 보였다.

"응, 좋다."

어느새 하늘이 갠 듯, 천창으로 환하게 들어오는 빛에 반쯤 눈을 감은 채 동생이 한 말은 그게 다였다. 하지만 정말로 그렇게 생각하고 있다는 걸 나는 알 수 있었다.

온몸을 감싸는 따스함에 노곤하게 온기가 돌며 몸이 붕 떠오르는 느낌을 진심으로 즐기고 있다는 걸.

요즘 사오도 힘들어하고 있었을 (당연하다고 할 수 있는) 스트레스로 움츠러들었던 마음이 편안하게 기지개를 켜고 있다는 걸.

나와 비슷하게, 어쩌면 그 이상으로.

비록 잠시뿐이었다 해도 사오는 그 시간을 즐긴 것이다.

만약 미나카타 엘렌이 우리가 상속을 받아주었으면 해서 ― '행운 목욕탕'의 오너가 되어주길 바라는 마음으로 목욕을 권했다면 상당한 전략가라고 할 수 있을 것 같다.

"근데."

잠시 견학했던 날을 떠올리다가 나는 테이블에 팔꿈치를 올린 채 물양갱을 포크로 자르며 말했다.

"역시 좀 불안하지? 우리가 목욕탕을 경영한다니."

물양갱을 입에 넣는다. 은은하게 퍼지는 달콤함이 우리

의 인생과 비슷하다, 라는 생각이 문득 들었다.

아주 달콤한 건 아니다 — 요즘엔 나름 고생스러운 일도 겪었다고 생각한다.

그렇지만 불과 몇 년 전까지 아버지의 품 안에서 경제적으로 어려움이 없었고, 아버지의 사업에 대해서도 내막을 알지 못했다. 순조로워 보였던 사업이 갑작스레 무너지기 전까지는.

적당히 달콤하고 알맞게 단단한, 입 속에서 녹아내리는 물양갱을 음미하며 사오에게 말했다.

"아무리 그 두 사람이 일을 거의 맡아준다고 해도 아예 모르는 분야잖아. 생각해본 적도 없는 일이니까."

"그냥 하지 말까?"

"근데 또 해고당하면 집세를 못 내니까."

만난 적도 없는 삼촌으로부터 상속을 받게 되면 어쨌든 살 곳은 보장된다. 목욕탕 건물 뒤편으로 숨겨지듯 자리한, 작은 집이 있는 것이다.

단독주택치고는 단출하지만 둘이서 살기에 충분하고 가구도 있다. 그곳이 바로 우리가 살 집 — 집세를 낼 필요도 없고, 쫓겨날 걱정도 없는 거주지가 되는 것이다.

목욕탕 수익에 대해 변호사님은 '매우 적다'고 표현했지만, 두 직원의 말에 따르면 주인인 우리에게 한 달에 몇 십만 원은 들어온다고 한다.

그 수입만으로 먹고살 순 없겠지만(삼촌은 연금도 보태셨을 것이다), 내가 목욕탕 카운터를 맡게 되더라도 영업시간 외에는 번역 일을 할 수 있다.

지금 직장에서 번역 일을 받아 오전 중으로 작업하면 목욕탕에서 들어오는 수입과 함께 생활비를 조달할 수 있을 것 같다.

사오의 절약 노하우가 있다면 그리고 목욕탕의 경영이 파탄 나지 않는다면 어떻게든 생계를 유지할 수 있다. 내가 그렇게 말하자 사오가 답했다.

"그 사람들이 맡아서 하겠다고 했고, 계속해왔으니까 괜찮지 않을까?"

"그렇겠지? 지금까지 해온 게 있으니까."

내게도 그런 생각이 들었다기보다 아무래도 그렇게 생각하는 수밖에 없을 것 같았다.

게다가, 라며 사오가 다시 말했다. "만약에 그 집으로 이사 가면……."

"응."

"목욕탕이랑 집 사이가 뒤뜰처럼 돼 있잖아. 파를 심을 수 있지 않을까?"

"맞아, 예전에 그랬지. 원래 옛날엔 파를 뒤뜰에 심었다

고."

파를 심어두면 잘라서 쓴 후에도 계속 자라기 때문에 굳이 가게에서 사는 사람이 없었다고 한다. 사오는 텔레비전이었는지 어디서 들은 얘기를 나한테 말해준 적이 있는데, 눈망울이 반짝거리는 걸 보니 무척 기쁜 것 같았다.

어쩌면 '뒤뜰의 파'는 사오가 꿈꿔온 일이었는지도 모른다. 지속가능한 삶의 상징이라고 할까.

아무리 그래도 그 조촐한 초록색 풀포기 때문에 우리가 이사를 결정한 건 아니지만 말이다.

"언니, 잘 자."

그날 밤, 내가 이불로 들어가자 머리 위에서 사오의 목소리가 들렸다.

안쪽 방에 있는 이층 침대의 위층은 사오가, 아래층은 내가 사용하고 있다. 일찍 일어나는 동생은 항상 먼저 잠자리에 들고, 내가 침대에 누울 무렵에는 보통 숨소리가 나는데……

"아직 안 잤네."

"응."

잠이 안 오나. 하긴 오늘 일들이 많았지 ― 이런 생각을 하다 문득 궁금증이 들었다.

"있잖아."

"응?"

"좀 대하기 어렵지 않겠어? 그 두 사람 말이야. 만약에 우리가 이사 가면 항상 볼 텐데."

남매는 목욕탕에 살지 않고 다른 곳에서 출근하지만, 그래도 하루의 많은 시간을 곁에서 함께 보내게 된다.

게다가 보일러실은 바로 집 근처라 사오가 (아까 말했듯이) 뒤뜰에 파 같은 걸 심는다면 글렌과 종종 마주치게 될 것이다.

"아, 그거." 사오는 선뜻 답했다. "별로 신경 안 쓰여."

희한했다. 오늘 '행운 목욕탕'에 있는 동안 사오는 평소와 달리 편안해 보였다. 욕탕에 들어가서 그렇다기보다 그 전부터 그랬다.

남들이 보면 평소와 다름없을 것이다. 말수도 거의 없고, 표정이 크게 달라지는 일도 없으니까.

하지만 나는 알 수 있다. 어깨에 힘이 들어가지 않았다고 해야 할까. 지난주에 변호사 사무실을 방문했을 때와는 무척이나 달랐다.

"그 두 사람이 마음에 들어?"

"그렇다기보단 무섭지가 않아."

"무섭지가 않아? 다른 사람들보다?"

나는 사오에게 그렇게 물었다. 의외였다. 물론 나쁜 사람들은 아니겠지만, 어딘가 속을 알 수 없는 느낌이 들었기 때문이다.

"맞아, 특이한 거 같아. 근데 인간적인 느낌이 없거든."

"아……."

나는 베개를 벤 머리를 끄덕였다. 그 두 사람을 나타내자면 확실히 그 표현이 딱 들어맞을지도 모른다.

그리고 사오가 다른 사람을 싫어하는 이유는 — '인간적인 느낌' 때문이라는 것을 지금 처음으로 알게 되었다.

그것은 좋은 의미로도 쓰는 말이다. 정이 많다거나 친절하다는 뜻이 되기도 할 것이다. 하지만 부정적인 요소도 많이 담겨 있다 — 질투나 허영처럼.

사오는 별난 구석이 있으니까 그런 것과는 무관할지도 모른다. 나도 남들만큼 (특히 후자를) 가지고 있다는 자각이 있는데, 사오에게 나의 그런 부분은 문제가 되지 않는 걸까.

태어날 때부터 같이 있었으니 익숙해서? 또는 내가 가끔 사오에게 화를 내더라도 원체 자신을 아끼고, 크게 혼을 내진 않는다는 걸 잘 알고 있어서?

"하긴 알 거 같아. 특이한 것 같긴 한데, 또 보면 뭔가 감정적인 느낌은 아니고."

"그렇다니까. 인형처럼."

사오는 예상치 못한 표현을 했다. 남매가 모두 미남미녀라고 해도 좋을 이목구비지만, 우아한 엘렌은 그렇다 치고.

"그 터프하게 생긴 글렌도?"

"응, 둘 다. 같은 사람이 만들었으니 작품 스타일은 비슷하지만."

말도 진짜 잘한다니까, 하고 감탄이 나온다. 분위기가 다른데도 비슷해 보이는 두 사람의 공통점을 '작품 스타일'이라고 하다니.

"그렇지만 재료가 달라. 글렌은 돌을 깎은 거고, 엘렌은 물가의 나무를 깎았어."

"그렇구나." 위에서 조곤조곤 떠드는 사오의 말소리 ― 동화처럼 들려오는 이야기에 묘하게 푹 빠져든 나는 어느새 잠이 들어버렸다.

2

그렇게 우리는 '행운 목욕탕'을 물려받게 됐다.

기도 변호사님에게 의사를 전하고 필요한 절차들을 밟은 후, 가을이 깊어질 무렵에 아파트를 정리했다. 추억 그리고 얼마 없는 이삿짐과 함께 언덕 위에 있는 목욕탕 뒷집으로 이사하게 된 것이다.

오래된 집이지만, 방이 두 개 있고 넓은 다이닝 키친에는 큰 식탁이 있다. 침실도 각자 쓸 수 있어서 이층 침대를 분해해서 들여왔다.

나는 퇴사를 하고, 계속 담당했던 번역 일을 외주로 받게 됐다.

회사원이었던 내가 일을 받는 하청업자, 다른 한편으로는 사업 경영자가 되어 예전보다 출세했는지 그 반대인지

도통 알 순 없지만, 그런 나의 새로운 일과는 대략 다음과 같다.

아침에 일어나서 사오가 해준 아침을 먹는다(출근하지 않아도 되니 예전보다 여유롭게 음미한다).

그다음에는 컴퓨터를 켜서 예전 직장에서 들어오는 업무를 시작한다. 되도록 오전에 끝내고 싶기 때문에 엄청난 집중력을 발휘한다.

회사에서 같은 업무를 했을 때에 비하면 나도 모르게 산만해질 때도 있지만, 복장과 자세도 자유롭고, 음악과 과자도 즐길 수 있으니 능률이 오르는 요소가 더 많은 것 같다.

그렇긴 하지만 몇 시간쯤 지나면 집중이 끊어지기 쉬운 법이다. 바로 그 무렵에 옆 건물에서 부산스러운 소리와 누군가의 기척이 전해져온다.

보일러실에서 활활 타오르는 불길, 배관을 통하는 열기.

콸콸 흘러나와 타일을 씻어내고 욕조를 채우는 물.

글렌과 엘렌이 출근해 영업 준비를 시작함과 동시에 '행운 목욕탕'은 숨을 쉬기 시작한다.

육중한 굴뚝이 있는 거무스름한 건물은 외관만 보면 어딘가 으슥함이 느껴지기도 한다. 영업시간이 아닐 때 고요하면 특히 더 그렇다.

고딕 소설에 나오는 집 같다던 사오는 언제 한번 "연로

한 용이 잠들어 있는 것 같아."라고 말하기도 했다. 옆으로 크게 내려오는 지붕이 휴식을 취하는 날개 같다면서.

그렇다면 이 시간에는 그 용이 깨어나는 셈이다. 그렇다고 당연히 날갯짓을 하거나 날아오르진 않지만.

내가 목욕탕에 출근하는 것은 점심 식사를 마치고 어느 정도 시간이 지난 후다.

그야말로 임원들의 느지막한 출근 같아서 마음이 내키진 않지만, 영업을 시작하기 조금 전에 오면 된다고 해서 1시 반쯤 가게 됐다.

청바지 같은 평상복에 직원처럼 보이도록 앞치마를 두르고 나면 딱히 볼일도 없으면서 건물을 한 바퀴 돈다 — 보일러실에 있는 글렌에게 인사를 건네고 단말마에 가까운 외침을 답변으로 듣기도 한다.

글렌은 불을 다룰 때 평소보다 더욱 말이 없는 편이다. 뚜렷한 이목구비가 불길을 만나 그림자를 드리우면 작품처럼 보이긴 하지만, 살짝 무서울 정도다.

보통 글렌은 대부분의 시간을 주로 보일러실에서 보내는데, 동생인 엘렌은 부지런히 계속 돌아다닌다. 동시에 여러 장소에 있는 게 아닌가 싶을 정도다.

욕탕 청소는 아마도 아침에 제일 먼저 끝내는 업무이기 때문에 내가 직접 볼 기회는 없었다. 탈의실 바닥을 걸레로

닦거나 물품 보관함의 먼지를 털고 있는 건 종종 보게 돼서 돕겠다고 한 적도 있지만, 괜찮다며 완곡히 거절당했다.

"정말 카운터만 봐주시면 됩니다. 나머지 일은 저희가 할게요."

그 카운터도 역시나 전부 직접 청소를 마치고, 어메니티 등의 재고까지 모두 채워둔 다음 완전히 준비된 상태로 나에게 넘긴다.

이윽고 영업 시작 시간인 2시, 남매 중 한 사람이 천막을 걸고 입구를 열면—

기다렸다는 듯 몰려오는 단골 어르신들로 잠시 소란스러워진다.

두런두런 서로가 사는 이야기를 시작하는 사람, 계속해서 카운터(나)에 말을 거는 사람, 그 뒤에서 초조하게 기다리는 사람. 보통 그런 손님은 요금에 딱 맞게끔 챙겨온 동전이나 이용권을 한 손에 쥐고 있다.

젊은 사람들보다 성질이 급하기도 하고, 반대로 느긋하기도 한 어르신 손님들이 각자 노곤하게 목욕을 마치고 돌아가면 그다음은 여유로운 타임이다.

사실 영업 시작 직후에 손님들이 몰려드는 시간대와 저녁 식사 후에 약간 붐비는 경우를 제외하면 하루의 대부분이 '여유로운 타임'이라고 할 수 있긴 하다.

아무리 여유롭다지만 카운터에 계속 앉아 있다 보면 나름의 피로가 쌓이기 때문에 몇 시간마다 쉬는 시간을 갖기로 했다. 목욕탕 뒤편에 있는 나무들을 둘러보면서 잠시 쉬는 동안, 글렌과 엘렌 중 한 사람이 '내성적'인 성격을 애써 억누르며 카운터를 맡아준다.

저녁 식사 때는 집에 돌아와 한 시간 정도 사오가 만든 음식을 맛보기도 하고, 수다를 떨기도 한다. 밥시간이기도 해서 그렇게 손님이 많지 않기 때문에 글렌과 엘렌에게도 큰 부담은 되지 않을 것이다.

카운터로 돌아오면 잠시 후에 저녁 손님이 들어온다. 저녁 손님 또한 어르신 손님들이 일정 비율을 차지하지만, 학생이나 직장인, 가족 동반 등 낮과는 다른 연령대의 손님들도 찾는 편이다.

마지막 손님이 돌아가고 앞문을 닫으면(11시쯤) 카운터 주변을 대충 정리한 다음, 나머지는 두 사람에게 맡기고 귀가한다.

그 시간에 사오는 자고 있으니 조용히 텔레비전을 보거나 책을 읽으며 시간을 보내고는 잠자리에 든다.

대충 이런 일과인데, 정말로 카운터를 제외한 목욕탕과 관련된 모든 업무를 두 사람이 도맡아줘서 다행이었다.

다행이라기보다 그런 일이 가능할까, 라는 생각까지 든

다. 하지만 실제로 물이 매일 뜨끈하게 준비되고 타일도 반짝반짝 빛나는 데다 손님들이 만족하고 돌아가시는 이상, 의문을 느끼는 것도 우스운 일이다.

그렇다곤 하지만 두 사람 모두 아직 젊고 외국인인 데다 여러 목욕탕에서 근무한 것도 아닌 듯한데…….

삼촌의 교육 덕택일까. 아니면 두 사람이 엄청나게 유능한 걸까.

애초에 삼촌은 어디서, 어떻게 이 두 사람을 알게 됐을까?

이런저런 생각이 들었지만 매일같이 일이 바빠서(바쁘다는 건 두 사람이고, 난 그렇지도 않았지만) 느긋하게 대화를 나눌 기회도 없었다.

그렇게 설마 내가 앉게 되리라고는 생각지도 못한 목욕탕 카운터에서 허둥지둥하면서도 적응해가던 나였지만, 나름대로 어려운 점도 있었다.

가장 큰 문제는 단골손님 ─ 그것도 영업 시작 직후에 찾는 오랜 단골 어르신들 응대였다.

싹싹하게 인사하는 건 기본이고 이런저런 대화도 나누어야 한다.

다양한 사람들이 있다. 예를 들면 나가이 씨라는 아담하고 푸근한 인상의 할머니. 언뜻 보기엔 나긋한 것 같아도 궁금한 건 꼬치꼬치 캐묻고, 한 발짝도 물러서지 않는 스타일이다.

"스나다 씨의 조카라고?"

처음 만났을 때 지팡이를 한 손에 들고 나를 머리부터 가슴 언저리까지(그 밑으론 카운터에 가려져 있기 때문에) 값을 매기듯 살펴보더니 이렇게 물었다.

"그 양반, 형제가 없다는 거 같았는데?"

"아, 그건, 저희 어머니가……." 나는 횡설수설 설명을 이어갔다. "친동생인데 어릴 때 다른 집에 양자로 들어가셔서 그 후로 소식이 끊겼거든요. 그래서 아마 있다고 딱 잘라 말하기가 어려워서……."

"뭐, 그런 일도 있지."

그렇게 허락하듯 말했지만, 왜 이 사람한테 허락을 받아야 하는지 알 수가 없었다.

"우리가 무슨 할 말이 있겠어. 어쨌든 스나다 씨와 인연이 있는 사람이고, 그 양반이 여기를 맡긴다고 그런 거면."

"……네, 변호사분에게 그렇게 전해 들었습니다."

나는 쩔쩔매며 설명을 마쳤고, 나가이 씨는 너그럽게 고개를 끄덕이며 여왕처럼 천막을 지나갔다.

삼촌과의 관계나 목욕탕을 물려받게 된 경위는 많은 사람에게 관심이 가는 주제였는지 첫날부터 며칠 동안 수십

번도 넘게 대답을 반복해야 했다.

하지만 나흘째가 되자 질문 공세가 뚝 하고 그쳤다. 아무래도 단골들 사이에 정보가 한차례 돈 것 같았다.

"아가씨도 안됐네."

그렇게 말한 건 다치바나 씨라는 할머님이다. 나가이 씨보다 몸놀림이 쌩쌩하고 실제로도 더 젊으신 것 같지만, 살집이 없어서 얼굴에 주름이 많아 더 연배가 있는 것처럼 보이기도 한다.

결벽증인지 늘 '전용 세숫대야'를 보자기에 싸서 목욕탕에 챙겨온다.

"어린데 부모님도 안 계시고, 삼촌도 결국 만나지 못했다니."

단발머리로 자른 백발에 등이 꼿꼿해서 옛날에 학교 선생님이었다는 게 납득이 갔다. 언뜻 보기에는 날카로워 보이지만, 따뜻한 분 같다.

나가이 씨와 오는 경우가 많아서 한번은 "오늘은 같이 안 오셨네요?" 하고 말을 걸었더니 "우연히 길에서 만나는 거지. 별로 가깝게 지내는 건 아니야."라며 목소리를 낮추고는 "우리끼리 하는 말인데, 저이도 좀 극단적인 면이 있거든." 하고 말했다.

또 다른 때는 나가이 씨가 다치바나 씨에 대해 "저이는 남들한테 다 맞추거든." 하고 말했다. 예전에 나가이 씨가 다른 분과 사이가 안 좋았을 때 다치바나 씨가 편을 들어주지 않았던 걸(어느 쪽 편도 들지 않았다고 한다) 마음에 담아두고 있는 것 같다.

아무래도 각자의 성격이나 손자들의 학교에서의 위치 같은 것도 얽힌 복잡한 사연이 존재하는 듯하다. 그걸 본인 기분에 맞춰 단편적으로 말하니 내 입장에서는 당연히 영문을 알 수가 없는 노릇인 것이다.

사이가 별로라고 생각한 사람들이 의외로 사이가 좋거나 또는 그 반대이거나, 마음이 맞지 않을 것 같은 어르신들이 한목소리로 한 할아버지를 욕하기도 한다.

그런 어르신들이 예외 없이 일종의 존경심을 드러내며 얘기하는 존재가 바로 돌아가신 삼촌이었다.

"스나다 씨는 진짜 대단한 사람이었다니까."

삼촌을 잘 알지 못하는 나에게 나가이 씨가 한번 알려주겠다는 듯 말했다.

"손님들의 의논 상대가 되어주곤 했거든."

다치바나 씨는 보자기에 싸인 세숫대야의 가장자리를 쓰다듬으며 설명했다.

"의논하고 싶어지는 분위기가 있었지. 우리가 보기엔 젊지만 세상일을 안다고 해야 하나."

"맞아, 박학다식했다니까. 어떻게 아나 싶은 것들도 다 알고 말이야." 다른 손님이 말을 거든다.

나는 깜짝 놀랐다. 무슨 뜻일까.

"그 양반은 계속 이 동네에 산 게 아니거든. 온 지 얼마 안 됐어."

"다해봐야 15년 됐으려나? 그 정도였을 거야."

내가 초등학생이었던 때를 얼마 전 일이라는 듯 말했다.

"맞네, 그쯤 해서 갑자기 나타났지."

"왔을 때는 쉰 정도 됐었는데, 원래 무슨 일을 했냐고 물어도 말을 안 하는 거야."

"이 동네 사람이 아닌 건 분명한데, 그런 것치고는 옛날에 있었던 일 같은 것도 자세히 알더라고."

"혹시 그런 거 아니야? 형사였다던가."

"아니면 스파이처럼."

설마 그건 아니겠지 — 그러나 아무래도 수수께끼에 싸인 인물이었던 건 맞는 것 같다.

15년 전에 이 동네에 와서 당시의 목욕탕 주인(고령의 여성)을 돕게 됐다. 처음에는 자잘한 일들을 돕다가 십여 년 전에 그분이 돌아가시며 경영을 이어받아 카운터에 앉게 됐다고 한다.

"뭐, 별로 놀랍진 않았지."

"에미 씨한테 자식도 없었고, 그 양반을 예뻐했잖아."

"거의 부모뻘 되는 나이였으니까 남자로 본 건 아니겠지만."

"그래도 싫진 않았겠지. 그런 사람이 옆에서 도와주는데."

"사람이 훤칠했었거든."

수수께끼에 싸인 과거, 수상한 지식들, 그리고 '훤칠한 외모'.

어머니의 오빠, 내가 만날 일이 없었던 삼촌은 궁금증을 불러일으킬 만한 요소를 제법 지닌 분이었던 것 같다.

하지만 할머니 손님들에게 인기가 있었던 이유는 결국 마지막 요소였는지도 모른다.

"그런 사람이면 옛날 카운터도 괜찮을 텐데."

농담처럼 그런 말을 한 사람이 있어서 들었을 당시에는 바로 알아듣지 못했는데, 그 뜻을 이해할 수 있었던 건 나중의 일이었다.

옛날 카운터란 탈의실 안에 있는 — 남탕과 여탕의 경계에 있는 칸막이 너머로 양쪽이 보이는 카운터를 말한다.

목욕을 마친 할머니 손님들이 한바탕 수다를 떨고 떠들썩하게 집으로 돌아가는 걸 배웅하고 있던 어느 날이었다.

"아무것도 모르는구만, 저 인간들은."

바로 옆에서 목소리가 들려와 나는 카운터에서 펄쩍 뛰어오를 뻔했다.

옆을 보니 그 목소리의 주인공은 고지마 씨라는 할아버지였다. 예전에 기업 임원이었다는데 가끔씩 보이는 거드름을 피우는 태도로 할머니들이 거리를 두게 만드는 사람이다.

"그래도 나한텐 숨기지 않아도 되니까."

키가 큰 고지마 씨가 앉아 있는 나를 향해 몸을 굽히며 비밀스레 소곤소곤 말을 건넨다. 주변에 아무도 없어서 그럴 필요가 전혀 없는데도.

"저어…… 무슨 말씀이세요?"

고지마 씨는 한층 더 몸을 굽혀 내 귀에 직접 말을 흘려넣듯이 답했다.

"그 양반이 안 죽었다는 거."

"네?"

나도 모르게 얼빠진 듯한 목소리가 나왔다.

그러나 고지마 씨는 괜찮다며 여전히 몸을 숙인 채 "나는 조심하고 있으니까 말이야."라고 말했다.

"죄송하지만, 무슨 말씀이시죠?"

"어떻게 해서 내가 알았는지 궁금하다는 거구만."

그는 몸을 숙인 자세가 힘들어졌는지 상체를 일으켜 허

리를 문지른다.

"내가 목욕탕에 오는 건 주로 이 시간대인데, 볼일이 있을 때는 밤에 온다고. 모임 같은 게 길어지면 늦는 날이 있거든. 지난달이었나? 늦게 왔던 날인데, 목욕을 다 하고 나오니까 손님은 나 혼자고 불도 다 꺼져 있었어. 목욕탕을 나서는데 손목시계가 없는 게 생각이 났지 — 깜빡하고 탈의실에 두고 왔구나 싶었어. 모임에 갈 때 차는 시계라 마음에 걸려서 가져오려고 되돌아갔어. 들어가 보니까 문이 열려 있는데 카운터엔 아무도 없고, 여기 불도 꺼져 있었어. 그런데 탈의실에 가니까 아주 희미하게 유리문으로 욕탕에서 불빛이 들어오는 거야. 근데 불이 이상하게 깜빡거리길래 마감할 때는 전기세를 절약하나? 하고 시계를 찾아서 팔에 찼는데."

고지마 씨는 의미심장하게 뜸을 들였다.

"욕탕 쪽에서 목소리가 들렸어."

"목소리요?"

"아가씨 삼촌, 스나다 씨 목소리가."

"네? 저희 삼촌은……."

"난 귀도 멀쩡하고 노망도 안 났어."

고지마 씨는 내 표정을 보고 생각을 읽은 눈치였다.

"얼마 전에 운전면허 갱신하면서 치매 검사도 받았다

고."

"설마요. 남자 목소리면 글렌이……."

"남자 둘이서 얘기했다니까. 그 외국인이 웅얼웅얼 뭐라고 하니까 다른 사람이 대답을 했어. 저음에 허스키하고 또렷했다고. 분명히 스나다 씨 목소리였어, 확실해. 내 오메가 시계를 걸어도 좋다고."

고지마 씨는 단언했고, 나는 한동안 할 말을 잃었다가 겨우 정신을 차리고 입을 열었다.

"그래서…… 그 소리를 듣고 어떻게 하셨어요?"

"뭘 어째. 조용히 밖으로 나가서 집에 갔지."

"욕탕을 들여다보지도 않고요?"

"그렇다니까. 바로 이해가 딱 됐거든. 아, 저 사람은 역시 사연이 있는 사람이구나. 사람들한테는 죽은 걸로 하고 세상을 속이는 거지. 그렇게까지 하는 걸 보면 스파이란 말도 할멈들의 헛소리라고만 보긴 어려울지도 몰라. 무슨 사연인지 함부로 침범할 순 없지. 내가 풋내기도 아니고, 그 정도는 알고말고. 그래서 잠자코 나갔고, 그 후로도 여태까지 아무에게도 말하지 않았어."

그러더니 생색을 내며 고개를 끄덕이고는 만족한 듯이 돌아간 것이다.

방금 들은 이야기에 나는 잠시 정신이 멍했지만, 아무리 생각해도 말도 안 되는 소리라 고지마 씨의 착각이라고 생각할 수밖에 없었다.

글렌이 누구랑 통화라도 한 게 아니었을까. 아마도 감기 같은 걸로 목이 쉬어서 딱 그때만 다른 사람 목소리처럼 들렸다거나.

그래도 혹시 몰라 나중에 기도 변호사님에게 전화를 드려보았다. 설마 아니겠지만, 손님이 이런 이야기를 하시더라고.

변호사님의 답변은 삼촌이 돌아가신 건 분명하다, 절대로 확실하다고 보증한다는 말이었다.

"그렇죠, 갑자기 시한부 선고를 받고 엄마랑 저희를 찾아보기로 하셨다가 결국……."

이렇게 말하니 마치 병이 악화돼서 돌아가신 것 같지만 아니었다.

"사고로 그렇게 되셨잖아요. 사다리에서……."

"맞아요. 목욕탕 지붕에 세워둔 사다리에서 미끄러지셨죠. 목격자는 없었지만 경찰 조사 결과, 그렇게 돌아가신 게 맞다고 확인됐어요. 바람에 날린 천 같은 게 지붕에 걸려 있었는데 그걸 치우려고 사다리에서 손을 뻗었을 때 균형을 잃으셨을 거라고요. 참고로 발견한 사람은 저예요. 마침 찾아뵙기로 약속이 돼 있어서요. 안타깝게도 그땐 이미 돌아가신 지 한 시간쯤 지난 후였던 것 같습니다."

변호사님은 필요하다면 관련 서류를 보내주겠다고 하셨고, 나는 부탁드린다고 말하며 전화를 끊었다.

이렇게 내가 목욕탕 생활에 익숙해지며 가끔 당황도 했을 무렵, 동생의 삶에는 어떤 새로운 변화가 있었을까?

그 답은 아주 단순하다. '전에 살던 집하고 비슷한 일상'.

달라진 점은 창문 난간에서 키우던 화분이 집 밖으로 나가고 뒤뜰에 파를 심은 것, 그리고 내가 출근하지 않는 것 정도다. 사오의 말을 빌리자면 '아주 사소한 변화'가 다였다.

본인의 말과 나의 관찰을 바탕으로 사오의 어느 하루를 대략 소개해보자면 다음과 같다.

아침 5시쯤 잠에서 깨서 한참을 이불 속에 가만히 누워 있는다.

바로 일어나지 않는 건 언니를 깨우면 미안해서, 또 골똘히 생각을 하느라 그렇다.

6시쯤 침대에서 일어나 냄비에 밥을 안치고 반찬을 만든다. 이날 반찬은 나물, 말린 정어리 그리고 달걀말이였다(간은 소금과 맛술 — 사실 여기에 잔 새우를 넣는 걸 좋아하지만, 비싸다고 가끔 산다). 내가 일어나면 함께 아침밥을 먹는다.

그리고 빨래를 한다. 이불도 햇볕에 널어둔 다음, 내가 옆방에서 키보드를 치는 소리를 들으며 독서를 한다. 책은 도서관에서 빌려왔거나 인터넷으로 헌책방에서 주문했을 것이다.

직접 만든 드라이토마토와 바질로 파스타를 만들어 같이 점심을 먹는다.

오후에 내가 목욕탕에 나가면 집을 청소하고, 화분에 물을 주고, 뒤뜰에 있는 파를 보러 간다.

그리고 글렌이 목욕탕 보일러실 밖에 쌓아둔 건축업자분이 쓰라고 주신 폐자재 위에 앉아 커다란 몸을 웅크리고 '비스코'를 먹는 모습을 목격한다.

"언니, 비스코라니까?"

저녁을 먹으며 사오는 상기된 목소리로 나에게 말했다.

"맛있고 튼튼해져요! 하고 쓰여 있는 과자 있잖아. 빨간 갑에 든!"

아는 분들은 아시겠지만, 옛날부터 있던 비스킷 과자다. 작은 상자에 어린아이의 얼굴 그림과 사오가 말한 것과 비슷한 광고문구가 들어가 있다.

덩치가 있는 글렌과는 딱히 어울리지 않아서 사오가 신기해하는 것도 이해는 간다.

빨래를 걷고 나면 다시 책을 읽고, 그게 지겨우면 게임을 한다. 내가 초등학교 때 부모님이 사주신 게임기와 옛날 게

임 소프트다.

그리고 텔레비전을 본다. 주로 자연이나 동물이 나오는 따스한 프로나 살벌한 사건에 관한 뉴스를 보는데, 취향이 끝과 끝이라 그 사이에 있는 건 거의 보는 일이 없다. 그리고 프로그램 제목만 봐도 '초자연현상'을 다루는 '미러클 불가사의 월드'라는 프로도 좋아한다.

저녁에는 손이 많이 가는 요리를 하고, 잠깐 카운터를 맡기고 온 나와 함께 저녁을 먹는다.

그 후에는 또 독서나 게임, 텔레비전에서 좋아하는 프로를 할 때는 텔레비전 보기.

씻은 후에 다음 날 아침밥 준비(쌀 씻기, 표고버섯 불려놓기 등)를 마치면, 10시나 늦어도 10시 반에는 잠을 청한다.

이런 일상을 '부지런하다'고 볼지 '놀고 있다'고 볼지, 그 기준은 사람마다 다를 것 같다.

한 회사 선배는 내게 '동생은 하루 종일 뭐해?'라고 물었고, 내가 방금 했던 비슷한 얘기를 하자 아직 어린데 참 기특하다고 말했다. "열일곱 살이면 아직 어린애지, 그래도 고등학교는 가면 좋은데."라고도 했다.

그때는 2년 전이었으니까 지금 다시 물어보면 열아홉 살이 된 어른으로선 바람직하지 않다고 하려나.

학교에 가는 것, 일을 하는 것. 세상은 젊은이들에게 그

중 하나를 요구하고, 거기서 벗어나면 '니트'라고 부르기도 한다.

사오처럼 외출의 범위가 쇼핑과 산책, 그리고 도서관 정도면 '히키코모리'다. 심지어 쇼핑은 슈퍼, 도서관은 인터넷 예약 시스템을 활용해 사람과의 대화를 피하고, 어쩔 수 없이 그 패턴을 벗어날 때는 모자와 선글라스로 무장하는데 — 이런 케이스는 더 엄청난 단어로 칭할지도 모른다.

바람직하지 못하다는 사람들의 시선, 과연 그게 정말 옳을까.

아프지만 않다면 모든 사람은 일을 하거나 학교를 가야 하는 걸까.

그건 맞지, 하는 생각이 들면서도 안 해도 된다면 그걸로 괜찮다는 생각도 든다.

하지 않아도 된다면 — 다시 말해 누군가 생계를 책임져준다면. 그런 의미로 본다면 이 경우에는 내가 주어가 될 것이다.

당사자가 나만 일해서 불공평하다고 생각하지 않는다면 그걸로 됐다. 그리고 나는 특별히 불공평하다고 생각하지 않는다.

내가 섬세한 편인 동생보다 돈을 벌어 생계를 꾸리는 것에 더 적합하고, 잘하는 사람이 잘하는 걸 담당하는 게 논리적으로 말이 되기 때문이다.

이뿐만 아니라 집안일을 사오에게 전부 맡기고 사오의 절약 노하우 덕분에 편하게 지내면서 동생을 부양한다고 잘난 체하는 것도 좀 아닌 것 같기 때문이다

본인은 어떻게 생각하고 있을까. 속마음은 모르겠지만, 가끔 내게 "언니, 미안해. 부모도 아닌데 등골을 빼먹어서." 라고 말할 때가 있다.

그러곤 재빨리 "그냥 개나 고양이를 한 마리 기른다고 생각해."라고 한마디 덧붙이긴 하지만.

그런 동생의 삶에 변화가 생길 조짐이 보였던 것은 우리 가 '행운 목욕탕'을 물려받은 지 한 달 정도 흘렀을 무렵이 었다.

어느 날이었다. 단골손님 사이에서 비교적 나이가 적은 편인 오오니시 씨라는 분이 여탕에서 나오며 내게 말을 건 넸다.

"아까는 미안해가지고, 정신없을 때 말을 걸어버렸네."

"아뇨. 저야말로 죄송하죠."

카운터 뒤쪽 벽에는 작은 창문이 두 개 나 있는데 각각 남탕, 여탕 탈의실로 통한다. 안에 있는 손님들이 면도기를 사거나 드라이어에 쓸 잔돈을 바꿔달라고 할 때 창문을 열

어 응대할 수 있도록 되어 있는 것이다.

카운터에 앉는 사람의 입장에서 말하자면 손님이 바로 앞에 있을 때 뒤에서도 손님이 부르는 '겹치기'는 흔한 일이겠지만, 우리 목욕탕에서는 거의 드물다.

원래부터 붐비는 시간대가 많이 없고, 피크 타임에 기여하는 단골 어르신들은 꼼꼼하게 필요한 물품을 준비해오는 데다, 드라이어도 별로 사용하지 않기 때문이다.

하지만 방금 전에는 바로 그 '겹치기'가 발생해서 손이 빠르지 못한 내가 엉거주춤하게 응대한 탓에 앞쪽 손님이었던 할아버지에게 한소리를 듣고 말았다.

"백 원짜리 동전이 있었으면 좋았을 텐데 잔돈을 안 만들어두는 바람에……. 머리 감을 걸 알았……."

갑자기 말이 끊긴다. 잠시 쳐다보고 있자 이내 다시 입을 연다.

"아니, 머리 감는다니까 잠깐 생각난 게 있어서. 사소한 건데 신경이 쓰이네. 왜 목에 가시가 걸린 것처럼."

"아, 그럴 때 있죠."

"그럴 때 예전 같으면 여기서 상담했을 텐데. 삼촌한테 말이야."

이런 젊은 사람한테는 물어봐도 소용이 없으리라고 내심 생각했을 것이다. 그런데도 습관인지 오오니시 씨는 그

'신경이 쓰이는 일'에 대해 말하기 시작했다.

"우리 손자 말이야. 남자애고 두 살인데."

오오니시 씨와 따님, 아직 어린 손자, 이렇게 셋이서 살고 있다고 한다. 따님은 회사원, 손자는 어린이집에 다니고 있고, 오오니시 씨가 거의 매일 등하원을 시키고 있다.

"힘들지 않으세요?"

"피곤할 때도 있는데 좋아. 아침에 비슷한 시간에 등원하는 애들하고는 얼굴도 익거든. 켄하고 료랑, 테루마도 있고."

세 아이 모두 내년에 초등학교에 올라가고, 켄과 료는 활발한 남자아이, 테루마는 얌전한 여자아이라고 한다.

"예쁘장해. 눈이 초롱초롱하고 애가 어른스럽다니까. 그러고 보니 요즘 통 못 보네. 무슨 일 있나? 참, 우리 손자 얘기하고 있었지. 이름은 타쿠토라고 하는데, 순한 편이라 손이 많이 가진 않아. 내가 등하원을 시키고 저녁도 먹이는데, 목욕은 꼭 딸이 시켜. 그래서 저녁 8시나 늦어도 8시 반쯤에 퇴근을 하거든. 하루는 밤에 타쿠토가 잠든 다음 딸이랑 얘기를 하는데 타쿠토가 목욕하면서 이상한 소리를 했다는 거야. 두 살이면 말을 배우는 속도가 다르니까 빨리 배우는 애들은 어른처럼 말을 하고, 늦는 애들은 거의 말수가 없어서 꽤 차이가 나거든. 우리 손주는 늦는 편인데, 머리를 감다가 갑자기 말을 했다는 거야. '청개구리가 웃었습니다'라고."

"청개구리가 웃었습니다?"

나는 깜짝 놀랐다. 무슨 소리일까.

"딸도 깜짝 놀랐는데, 그게 뭐냐고 물어도 전혀 모르겠다는 거야. 개구리도 별로 안 좋아하거든. 욕조에 개구리 장난감이 있는 것도 아니고 좀 이상하다 싶었는데, 그때는 뭐 어디서 들은 말인가 했지. 그랬는데 그저께 밤에도 그랬다는 거야."

"또 똑같이요?"

"머리를 감겨주고 있는데 '청개구리가 웃었습니다'라고 하더래. 발음도 정확하고 단조음처럼 희한한 톤으로. 좀 묘하지 않아? '청개구리'라는 것도 가뜩이나 이상한데 그게 웃는다잖아."

"하긴 그냥 개구리면 만화 캐릭터도 있을 거 같아요."

"그렇다니까." 오오니시 씨는 크게 고개를 끄덕이고는 말을 잇는다.

"근데 '청개구리'면 머리에 이미지가 떠오르잖아. 눈도 어디를 보는지 모르겠고, 차가운 게 반들거려서 빨판도 징그럽고 말이야."

심지어 그게 웃었다고 생각하니 확실히 약간 묘한 느낌

을 준다.

"어린이집에서 들었을까요? 그림책 낭독 시간이나 아니면 친구들 사이에서 유행한다거나."

"나도 그렇게 생각하고 다음 날 아침에 켄네 엄마에게 물어본 거야. 그랬더니 고개를 갸웃거리면서 켄한테 아냐고 물어보니까 켄은 몰라, 하고 꽁하게 대답하더라고."

그렇다면 어린이집은 관련이 없을 것 같다 — 도대체 어디서 나온 말일까.

확실히 '사소하지만 신경이 쓰이는' 이야기다. 하지만 이 이야기와는 별도로 내게는 궁금한 것이 또 하나 있었다.

"저어…… 삼촌이요." 나는 오오니시 씨에게 질문했다. "지금 하신 이런 얘기를 손님에게 듣고 간파해서 설명을 해주신 건가요?"

그렇지, 하며 오오니시 씨는 고개를 곧바로 끄덕이고는 대답했다.

"우리가 물어보는 게 다양하거든. 의논해도 별수 없는 것도 있었겠지만, 처음부터 답은 정해져 있고 사실 의논할 것까지도 없는 내용도 많았을 거야. 근데 그 중간? '답이 나올 것 같은데 안 나오는' 그런 고민도 있잖아? 왜 아까 말한 '목에 걸린 가시'처럼."

"그렇죠."

"늘 그런 건 아니지만, 보면 스나다 씨는 답을 찾아내서 깔끔하게 해결해줄 때가 많았어. 한마디로 가시 전문가랄 까?"

가시 전문가. 전직 스파이, 전직 형사에 이어 추가된 삼촌의 새로운 직함이다.

"물론 이 카운터에 앉는다고 사장 아가씨가 그걸 목표로 할 필요는 없지."

오오니시 씨는 나를 격려하는 투로 계속 말했다.

"아직 젊고, 아무리 친척이라도 삼촌하고는 다른 사람이 니까."

그 말이 맞다. 물론 그렇게 하라고 해도 내게 가능할 리가 없다. 그렇지만……

어쩌면 목욕탕의 단골들, 혹은 그중 일부는 삼촌이 그런 식으로 '가시'를 제거해주길 바라는 마음에 일부러 언덕을 올라 행운 목욕탕을 찾았을 수도 있겠다는 생각이 들었다.

그랬던 삼촌이 돌아가신 지금까지도 여전히 타성으로 찾고 있지만, 머지않아 발길이 뜸해질지도 모른다.

그렇게 되면 어쩌지? 그럼 곤란한데 말이다.

"오늘 손님한테 이상한 얘기 들었다?"

그날 저녁밥인, 사오가 만든 마파두부를 둘이서 먹다가

나는 문득 떠올리곤 말했다.

오오니시 씨 손자의 얘기. 처음에는 간단하게 말했지만 사오가 의외로 흥미를 보였다. "자세히 말해봐. 그 사람이 한 말은 아무 말이든, 다."

그렇게 말하길래 기억력을 쥐어짜듯 아까 들은 이야기를 모두 설명했다.

"좀 이상하지? '청개구리가 웃었습니다'가 뭘까."

산초의 얼얼한 끝맛을 느끼며 말했다. 앳된 얼굴과 달리 사오는 매운 걸 꽤 좋아한다.

"도대체 무슨 뜻일까?"

내가 다시 말하자 사오는 숟가락을 든 손을 멈추고 입을 열었다.

"뭐, 무슨 뜻인지는 별 상관없지 않을까?"

"응?"

말이란 뜻을 전하는 거라고 생각했는데, 아니라는 건가.

"어, 그거 말고……."

"그거 말고?"

"파, 초록 부분이 좀 많았나." 마파두부에 대한 얘기였다. "두부는 딱 좋은데. 너무 물기를 빼도 퍽퍽하거든."

동생은 요리에 관해서 완벽주의라 나도 그 덕을 보고 있지만, 지금 물어보고 싶은 것은 다른 얘기였다.

아까 한 얘기, 하고 화제를 억지로 원위치시켰다. "무슨 뜻인지 별 상관없다는 게 무슨 말이야?"

"아, 그거?" 사오는 선뜻 답했다. "중요한 건 두 가지야."

"두 가지?"

"우선 아이가 그 말을 했을 때의 상황."

"상황이라면……."

"엄마랑 목욕하고 머리를 감았을 때지?"

"그렇지. 아, 혹시 샤워 소리가 포인트야? '비'를 떠올려서 그게 '청개구리'로 이어졌다거나?"

"절대 아니라고 할 순 없겠지."

사오는 예의 바르게 (또는 참을성 있게) 받아넘기며 마파두부가 담긴 접시를 내 쪽으로 밀었다.

"하지만 난 다른 걸 생각했어."

나는 자세를 바로잡았다. 이러쿵저러쿵 말하는 것보다 사오의 생각을 듣는 편이 나을 것 같았다.

"머리 감을 때는 ― 내가 감을 때도 마찬가지지만 ― 항상 눈을 감잖아?"

나는 고개를 끄덕였다. 당연하다.

"그리고 또 하나. 이 얘기에서 그 말뜻보다 중요한 건 글자 수 아닐까?"

"글자 수?"

"청, 개, 구, 리, 가, 웃, 었, 습, 니, 다." 사오는 한 음, 한 음 구분하듯 내뱉더니 말을 이었다. "이러면 몇 글자지?"

"열 글자."

"그래, 열 글자." 사오는 숟가락을 손에 들고 고개를 끄덕였다.

"눈을 감고 열 글자를 말한다 — 어린애가 그렇게 한다고 생각해봐. 뭔가 떠오르지 않아?"

이쪽을 보며, 잠시 동안 내가 입을 열기를 기다리고 있는 듯하다.

"모르겠어?" 못 기다리겠는지 사오가 말했다. "무궁화꽃이 피었습니다!"

"아, 맞네. 열 글자구나."

"눈을 감고 열을 세는 대신에 열 글자를 말하는 룰이겠지."

내가 처음으로 깨달은 사실을 사오는 당연하다는 듯 설명했다.

"원래 말 자체도 그냥 하는 거나 마찬가지니까 뭐든 열 글자면 상관없는 거야. 청개구리처럼 뜬금없는 말이라도."

"무궁화꽃이 피었습니다를 바꾼 거구나."

"그런 거 아닐까? 어린이집 애들이 하는 놀이인 거지. 타쿠토는 아직 어리니까 같이 안 했겠지만, 형, 누나들이 노는 걸 보고 따라 한 거 아닐까? 그때 들은 말투 — 정확한 발음이나 단조음이란 것도 그러면 딱 들어맞잖아."

그러고 보니 그렇다.

"대단하다. 맞는 거 같아. 애들은 기분 따라 평소에 하던 놀이를 새로 바꾸기도 하니까."

나는 속이 뻥 뚫린 기분이었다. 오오니시 씨한테 처음 들었을 때는 희한했지만, 아무래도 묘한 느낌이 들어 신경이 쓰였기 때문이다.

"이상할 게 없었네. 어린이집에서 그런 놀이가 유행했던 거야. 형, 누나들이 하기 시작한 걸 두 살인 타쿠토가 흉내 냈다면……."

나는 거기까지 말하고 나서 문득 의문이 생겼다.

"아, 잠시만. 그러면……."

"아까 말한 것처럼 말 자체가 무슨 뜻인지는 별 상관없지만……."

사오는 나를 가로막듯이 말을 이었다. "그거하곤 별개로 '왜 새로운 말로 바꿨는지'는 상관있지 않을까?"

"응? 무슨 얘기야?"

"원래 하던 걸 왜 바꿨을까? 그냥 기분 따라 바꾼 게 아니라 이번 경우는 '바꿔야 했다'고 보는 게 맞을 거야. 아이들이 생각해낸 게 아니라 선생님이 말했겠지. '무궁화꽃이 피었습니다'는 하지 말자고."

담담하게 이어지는 사오의 말에 방금까지 개운했던 마음은 왠지 뿌연 안개가 서린 듯한 두근거림에 사로잡힌다.

"그냥 내 상상인데, 그 손님이 말한 내용 — 초반에 한 얘기를 조합해서 생각해보면⋯⋯."

"어떤 얘기?"

"테루마라는 여자애. 요즘 통 못 본다고 했잖아?"

"아, 그럼⋯⋯."

방금까지만 해도 잊고 있던 이름이지만, 이렇게 예를 들자 사오가 말하고 싶은 것이 무엇인지 나도 알게 되었다.

'테루마'와 '다루마(달마 인형-옮긴이)'의 발음이 비슷하다는 사실을.[1]

혹시 '테루마가 넘어졌다'라는 구호를 외치며 그 아이를 넘어뜨리는 장난으로 인해 그 놀이가 금지된 게 아닐까.

"괴롭힘을 당하고 있다는 거야?"

"그런 건 아닐지도 몰라. 그 나이 때 겪는 문제일 수도 있고." 그리고 사오는 조용하게 덧붙였다. "그러기를 바라는 거지."

요즘 눈에 띄지 않는다 — 오오니시 씨의 그 말만으로는

---

1 일본에서는 '달마 인형이 넘어졌다(다루마상가코론다)'라는 구호를 외친다.

그 애가 어린이집을 쉬고 있는지, 그저 등원 시간이 달라진 건지 알 수 없다. 사오는 그렇게 말했다.

"잘 다니고 있고, 친한 친구도 있을지도 몰라. 켄이나 료처럼 짓궂은 남자애들을 피하는 것뿐이고."

그런가. 아까 내가 입 밖에 내려다 사오가 가로막아서 하지 못했던 말은 '어린이집에서 하는 말이라면 켄이라는 아이가 모르는 건 이상하다'라는 의문이었다.

그 아이는 알면서 모르는 척했던 건지도 모른다. 그 말을 둘러싼 자초지종에 마음이 찔렸기 때문이다.

"그런 애들하고 무슨 일이 있었던 게 아닐까? 사소한 걸수도 있겠지. 근데 진짜 난폭하거나 끈질기게 괴롭히지 않아도 남자애들은 여자애한테 심술을 부리잖아. 그런데도 선생님들은 네가 좋으니까 장난치는 거라고 하니까. 그게 진짜면 '좋아하는 것'도 엄연한 민폐지."

사오는 마파두부를 먹던 접시를 내려놓고, 달걀과 김을 넣은 국을 한 모금 마시고 나서 계속 말을 이었다.

"방금 말한 거, 뒷부분은 거의 내 상상이야. 백퍼센트 맞다고 할 순 없어."

"글치만 사오 말대로라면 대부분 이해가 되잖아."

나는 진심으로 감탄하고 있었던 것이다. 내용이 내용이니만큼 아까처럼 진짜 대단하다며 신이 나지는 않았지만.

"다음에 오오니시 씨가 오면 얘기해볼게. 한번 생각해봤는데 혹시, 하면서."

며칠 후, 오오니시 씨는 진지하게 내 말을 끝까지 듣더니 잠시 생각하는 얼굴을 하고는 테루마는 그 후로 어린이집에서 봤고, 잘 지내는 것처럼 보였다고 말했다.

"근데 평소에 오던 시간에 등원은 안 하니까 정말 켄이나 료를 피하는지도 모르겠다. 혹시 괴롭힘을 당하고 있는 거면 안쓰럽지만, 그렇다고 내가 뭘 할 수 있을지……."

"문제가 있던 건 어린이집에서도 인지했을 테고, 어떻게 할지 생각하고 있는 게 아닐까요? 선생님이 '무궁화꽃이 피었습니다'를 바꾸라고 했다면요."

이것도 내가 한 생각이 아니라 사오가 한 말이지만.

"글쎄……. 내가 참견하기도 좀 뭐하니까 앞으로 계속 지켜봐야겠어."

오오니시 씨는 약간 걱정스러운 듯한 얼굴로 돌아갔다.

그리고 며칠 후에 다시 목욕탕을 찾은 오오니시 씨는 내 얼굴을 보더니 입을 열자마자 소식을 전했다.

"테루마 말이야. 예전에 오던 시간에 등원해서 요즘 다시 보거든."

"켄하고 료도요?"

"응."

"다행이네요."

만난 적도 없는 아이들의 이야기지만, 기분이 무척 좋아진다.

"다행이지, 정말. 그리고 하나 더."

"뭔데요?"

"손자가 딸하고 목욕하면서 말했대. 이번에도 머리 감으려고 눈을 감았을 때."

"혹시…… 무궁화꽃이 피었습니다?"

"맞아. 이제 정말……."

"형, 누나들 사이가 좋아졌다는 거네요."

"그렇긴 한데, 또 있어."

"뭐요?"

"사장 아가씨가 가시를 제거해줬잖아. 삼촌처럼 잘 해냈다는 거지."

오오니시 씨는 그렇게 말하며 오천 원을 꺼내고 거스름돈을 받아든다.

"드라이어 좀 쓸게."

그러더니 활짝 미소를 짓고는 여탕 천막 너머로 향했다.

3

　동네와 어울리지 않는 언덕 위에 세워진 '행운 목욕탕'을 일부러 찾는 단골들 — 특히 할머니 손님들 사이에는 견고한 네트워크가 있어서 어떤 소식은 며칠도 안 돼 널리 퍼지곤 한다.

　우리가 오오니시 씨의 수수께끼를 해결했다는 소식도 잔잔하지만 분명하게 퍼져나갔고, 카운터에 앉은 나를 대하는 태도에 미묘한 변화가 생겼다. 아주 희미하지만 '경의'에 가까운 무언가가 느껴지기 시작한 것이다.

　물론 여태까지 함부로 대했다는 것은 아니다.

　하지만 가벼운 실망감 같은 건 있었을 테고, 사실 그럴 수도 있다고 생각한다. 인망이 두터웠던 삼촌의 후임이 그저 평범하기만 한 20대 아가씨니 말이다.

그런 분위기는 확실히 존재했고, 그게 반영된 미지근한 태도 — 비유하자면 밍밍한 수프 같았던 태도에 후추의 칼칼함이 더해졌다.

물론 희한한 일이다. '나를 대하는 태도'라고 말했지만, 오오니시 씨의 궁금증을 해결한 건 동생이고, 나는 이야기를 전달한 것뿐이니까.

"내 얘기는 됐어. 그냥 말하지 마."

사오가 엄명을 내린 탓에 오오니시 씨에게 전한 설명이 마치 내 생각처럼 보이고 만 것이다.

나에게 여동생이 있다는 건 손님들도 알고 있었다. 그렇다기보다 초반에 내게서 정보를 낱낱이 캐냈다고 하는 게 정확하겠다.

열아홉 살이니 학생이라고 생각했는지(나도 부인하지 않았다) 목욕탕에 얼굴을 비추지 않는 것도 별로 이상하게 받아들이지 않았다.

바로 그 동생이 수수께끼 해결의 주역이란 건 다들 꿈에도 생각 못했을 테고, 그게 바로 '드러나는' 것을 싫어하는 동생이 바라는 바였지만.

그렇다 해도, 자신의 가설을 누군가 납득하고 받아들였다는 사실에 사오는 무척 기뻐했다.

"기분 좋다."

표정의 가짓수가 얼마 없는 동생치고는 입꼬리가 올라가 '미소'에 가장 근접한 얼굴을 하고는 눈망울을 빛내며 나에게 말했다.

"내가 뭔가 생각해내서 그걸로 다른 사람이 기뻐했다니."

"하지만 앞으로 이런저런 손님들이 상담하러 올지도 몰라." 나는 계속 염려했던 점을 말했다. "할머니들 사이에서 이번 젊은 사장도 저래 보이지만 의외로 도움이 된다고 그러면 어떡하게?"

내가 "어떡하게?"라고 한 말은 사실 "힘들잖아?"라는 뜻이었다. 하지만 사오는 이렇게 대답했다.

"그것도 괜찮지 않을까?"

사오는 태연하게 강아지처럼 내 얼굴을 올려다본다.

"물론 답이 안 나올 때도 있겠지. 근데 삼촌도 마찬가지였을 거야. 아닌 게 이상한 거지. 희한하게 사람들이 잘 따랐다지만, 신도 아니고 말이야."

"하긴 그건 그래."

"나중 일은 그때 가서 생각하면 되지 않을까? 잘되면 누군가에게 기쁨을 줄 수 있고, 힘들 거 같으면 솔직하게 말해도 별로 뭐라고 안 하실 거야."

사오는 그렇게 말했고, 실제로 그랬다.

그 후로 단골손님들 — 대부분 할머니 손님들이 종종 '상담'을 의뢰하기 시작했다.

우리가 기대에 부응하는 날이 있는가 하면 그렇지 않은 날도 있었고, 호들갑스럽게 감사 인사를 듣는 경우도 있었다. 가끔은 "젊은 사람에게 이런 소리 해봤자 뭐 어쩌겠어."라는 말을 듣기도 했다.

그런 경험들이 쌓이며 손님들은 우리(라기보다 사오)의 전문분야를 파악하게 됐다.

자신이 없는 분야는 인간관계나 자식, 손자의 진로 등 흔히 말하는 인생 상담에 조언하는 것.

자신이 있는 분야는 오오니시 씨의 '청개구리' 이야기처럼 얼핏 난해한 상황에 조리 있는 해설을 달아주는 것.

근사한 말로 하면 '수수께끼'라고 할 수 있는 고민거리를 멋지게 해결한다고 소문이 나기 시작한 것이다.

"사오, 대단하다. 명탐정 같아."

농담 반, 진담 반으로 말하자 "그거 옛날부터……."라며 사오가 웅얼거렸다.

"응?"

"내가 동경하는 직업이었어."

"정말?"

사오의 입에서 '직업'이라는 말이 나오다니 무척 신선했다. '동경'이라는 말까지 붙으니 더욱 그랬다.

게다가 그 직업이 '명탐정'이라니 더더욱 놀라웠다. 신선하달까, 기발하달까.

"어렸을 때 말이야."

눈을 내리깔며 말하는 사오의 입가가 약간 어색했다.

동생이 쑥스러워하고 있다는 걸 깨달은 나는 아주 신선한 놀라움에 사로잡혔다.

19년이나 함께 살았지만, 처음으로 동생이 쑥스러워하는 모습을 보게 된 것이다.

"초등학교 3학년인가 4학년 때. 셜록 홈스 비슷한 책을 읽고 탐정사무소를 차리고 싶었어. 미스 마플도 좋아했거든. 사무소는 없어도 경찰들이 존경하는 걸 보면서 나도 빨리 할머니가 되고 싶다고 생각했었어. 내가 중학교 때 반에서 어떤 사건이 있었다고 했었지? 기억나?"

자세히는 모르지만 그런 일이 있었다는 건 기억하고 있다. 사오가 학교를 가지 않게 된 계기였다.

"그때 내 역할은 피해자나 범인, 증인도 아니었다고 했잖아. 그게 뭐였냐면……."

"탐정이었구나?"

그 사건을 사오가 해결했다는 건가.

맞아, 하고 사오는 고개를 끄덕이며 말했다.

"하지만 잘 안 풀렸어. 진상은 밝혀냈지만, 그 진실이 애들 맘에는 별로였던 거야. 지금이면 더 잘할 수 있었을까, 하고 가끔 생각해. 아무튼 그래서 탐정사무소를 차리고 싶었어. 좀 이상하지?"

어떻게 대답하면 좋을까, 나는 잠시 생각했다.

하고 싶은 일이 있다는 건 좋은 거지, 하며 '이해심 있는 어른'처럼 말할 것인가.

탐정사무소에서 실제로 하는 일은 소설하고 많이 다를 텐데, 하며 '세상살이를 아는 연장자'처럼 조언할 것인가.

첫 번째는 아니다. 그리고 두 번째도 마찬가지다. 본인도 대충 알고 있을 것이다. 어렸을 때면 몰라도 지금은 뻔히 알 텐데.

그래서 결국 내가 건넨 말은 "재미있겠다."였다.

그리고 내가 그렇게 말하자 사오는 기뻐 보였다. 여느 때처럼 안면 근육은 별로 움직이지 않지만, 눈빛으로 알 수 있었다.

"나중에 목욕탕에다 간판을 걸면 되지 않을까?"

그 반응에 기분이 좋아진 나는 계속했다.

"오전에만 목욕탕을 '사쿠마 사오 탐정사무소'로 만드는 거지."

"괜찮다. 굴뚝도 있고 언덕 위에 있으니까 신비한 느낌도 들어.”

“손님이 오면 카운터에서 얘기를 듣는 거야.”

“내가?”

“당연하지. 탐정이니까.”

“언니가 조수라고 하고 대신 들어주면 안 될까? 카운터도 익숙하잖아.”

“그건 힘들어. 오전에는 번역이 있으니까.”

“그렇게만 해주면 내가 탈의실에 있으면서 천막 뒤에서 손님 목소리를 들으면 되는데.”

사오가 억지를 부린다.

“목소리도 단서가 되니까. 언니가 자세한 내용을 까먹을 수도 있고.”

“그건 힘들다니까.”

“치, 그럼 할 수 없지 뭐.”

나는 사오가 사람들하고 잘 어울릴 수 있도록 극복하면 돼, 라고 말하지 않았다. 그렇게 쉽게 가능한 일이 아니라는 걸 알고 있으니까.

그게 쉬우면 얼마나 편할까.

평소와 같은 나날이 이어지던 어느 날, 가끔 목격하곤 했던 사무실에서 장부를 정리하는 엘렌에게 경영상황에 대해 물었다.

"혹시…… 요즘 매출은 어때요?"

"아, 매출이요?"

구릿빛 피부에 검은 머리, 늘씬하고 우아한 미모를 지닌 여성이 종이 위에 손을 올려놓고 대답했다.

저 손으로 청소도구를 움켜쥐고 혼자서 욕탕을 전부 청소하고 있다니 아무리 봐도 믿기가 어렵다. 어쨌든 그건 그렇다 치고.

"전에도 말씀드린 바 있지만 순조롭다고 볼 수 있을 것 같습니다. 저희 기준에서는 말이죠."

엘렌은 장부를 획획 넘기면서 말을 이었다.

"낮손님이 예전보다 줄어든 것처럼 보일 때도 있지만, 반대로 밤손님은 더 늘어난 것 같아요. 그 영향으로 음료 매출도 다소 증가했습니다. 반면에 경비는 작년 이맘쯤과 비슷하고요. 한마디로 전반적인 수입과 지출은 예년과 비슷하다고 할 수 있습니다."

똑 부러진 설명에 나는 안도의 한숨을 내쉬었다.

아무래도 삼촌의 유언대로 '행운 목욕탕'을 계속 운영해 나갈 수 있을 것 같다.

낮에 오는 단골 어르신들 중에는 삼촌의 팬이었던 사람도 많아서 그중 일부는 이제 오지 않을지도 모르지만, 그 비중이 그렇게 크지는 않다는 뜻일 것이다.

우리가 단골손님들에게 받아들여진 것이다. 목욕탕에서 응대하는 나와 뒤에서 '상담 의뢰'를 해결하는 사오, 우리 두 사람이 말이다.

그렇게 생각하면 마음이 좋았고, 사오도 열의를 잔뜩 불태우고 있었다.

탐정사무소 간판은 내걸지 않았지만, 손님들의 고민 해결에 최선을 다하고자 우린 다음과 같은 규칙을 정했다.

목욕탕을 방문한 손님이 '상담'을 희망한다고 암시했을 때 — 처음 꺼내는 말이나 목소리에서 '큰 건'이라는 느낌이 오면 '목욕 후에 자세히 말씀 부탁드려요'라고 말한 뒤, 사오에게 슬쩍 전화를 걸어 벨을 세 번 울린 다음 끊는다.

사오는 뒷문(대기실 옆) 쪽으로 와서 문틈으로 상황을 살피고, 적당한 타이밍에 카운터로 잠입한다. 그 후에는 내 발밑에서 양팔로 무릎을 감싸고 웅크려 앉는다.

그렇게 자리를 잡고 앉아 목욕을 마치고 온 손님의 이야기를 듣는다. 손님에게 사오의 모습은 보이지 않고, 사오에게도 손님의 얼굴은 보이지 않지만 목소리는 들린다.

손님이 떠나면 카운터에서 빠져나와 집으로 가서 본인만의 방식으로 방금 들었던 이야기의 해답을 생각하는 것이 상담의 일반적인 흐름이다.

설령 이야기를 들은 순간에 이미 해결해버렸다고 해도 그 사실을 동생이 내게 전달하는 건 저녁을 먹을 때라서 손님이 답을 듣는 것은 그 손님이 다음에 방문하는 날이 된다.

크게 서두르지는 않는다. 경찰이나 탐정사무소가 아닌 목욕탕에 의논할 만한 수수께끼라면 진짜 범죄나 긴급한 사안은 아니기 때문이다.

오히려 마음이 급한 건 카운터 안에 있는 사오일지도 모른다. 카운터는 전체적으로 여유 있는 크기지만, 옆에서 지나가는 사람이 보지 못하게 하려면 구석으로 숨어야 하기 때문이다.

당연히 체구가 작고 가냘픈 편인 동생도 있다 보면 답답할 게 뻔하다. 손님들의 발길이 끊겼을 때 나갈 수 있도록 내가 오케이 사인을 주긴 하지만.

그 기회가 좀처럼 오지 않는 경우도 있다. 그렇게 자주는 아니다. '상담'을 받으러 오는 손님은 가장 바쁜 시간대를 피해서 오는 데다 원래 하루 종일 붐비는 편도 아니기 때문이다.

하지만 어떤 때는 평소와 달리 손님이 계속 드나들기도 하고, 손님들끼리 대화를 시작하기도 해서 사오는 상담 의뢰가 끝나도 몇 십분 동안 카운터 구석에서 기다리는 처지가 되곤 했다.

그 좁은 곳에서 무릎을 감싸 안은 채 곤히 잠드는 바람에 깨울 때 머리를 툭 건드려도 일어날 기미가 보이지 않아 머리카락을 막 헝클어트렸을 정도다.

그리고 재미있는 건 그날 들은 이야기가 사오가 겪은 상황과 약간 비슷하다는 점이다.

"도저히 모르겠다니까. 내가 착각했을 리는 없거든."

억울함을 호소하며 이번 상담을 의뢰한 이소베 씨, 다음 주면 70세가 되는 아담한 체구에 기운이 넘치는 여성이다. 남편은 큰 기업에서 고문을 맡아 집안이 여유로운 편이라고 하는데, 화장도 거의 하지 않고 복장도 검소한 편이다.

물론 목욕을 하러 올 때는 보통 편한 옷차림이지만, 이소베 씨는 어디서든 비슷한 분위기라고 누군가 말한 적이 있다.

자식들은 독립해서 부부 단둘이 지내는데, 남편이 지금도 매일 출근하고 있으니 자유로울 텐데도 어디 마실 나가는 일도 없이 정원 가꾸기나 청소, 정리 정돈 같은 집안일에 정성을 쏟는 모양이다.

평상시의 즐거움은 간간이 찾는 목욕탕, 정기적인 일과는 화요일에 있는 문화센터 강좌(고전문학) 그리고 목요일에 가는 수영 교실이다. 항상 즐거워서 빠짐없이 출석한다고 한다.

"그래서 어제도 말이야."

그날은 금요일이었으니까 어제는 수영 교실을 가는 날이다.

"외출 준비를 다 끝낸 참이었어. 옷 밑에 수영복도 입고서. 경기용은 입으려면 시간이 꽤 걸리잖아. 물론 선수들이 입는 그런 전문적인 건 아니지만 그래도 챙겨 입거든. 헤엄치다가 빠지거나 하면 큰일이니까 결혼반지도 따로 빼서 서랍 위에 올려놓기도 하고. 바다가 아니라 수영장이니까 아마 찾을 순 있겠지만 그래도 조심해야지. 그리고 마지막으로 수건을 챙기러 화장실에 갔을 때 난리가 난 거야."

"난리요?"

"수건을 가방에 넣고 있는데 갑자기 뒤에서 문이 닫혔어. 반쯤 열어뒀는데 쾅 소리를 내면서 닫히지 뭐야. 그러더니 복도 쪽에도 쾅 하고 무슨 무거운 게 쓰러지는 소리가 났어. 뭐지 싶어서 보려고 하는데 문이 안 열리는 거야. 아주 살짝만 벌어지고 꿈쩍도 안 해. 잠깐 있으니까 생각이 났어. 오전에 도착한 택배, 남편이 주문한 선반 상판을 복도에 세워뒀었거든. 택배기사가 거기에 두고 간 걸 무거워서 그냥 놔둔 거야. 그 위치가 하필이면 화장실 건너편이었는데 어쩌다가 넘어지는 바람에……."

"그게 화장실 문을 막은 거예요?"

"그렇지, 밖에 받침대를 둔 것처럼 말이야. 문틈으로 손가락도 안 들어가니까 무슨 방법도 없고."

그러고 보니 비슷한 이야기를 들은 적이 있다 — 고타쓰(나무로 만든 밥상에 이불이나 담요 등을 덮은 일본의 난방 기구-옮긴이)의 나무판이 쓰러지는 바람에 화장실에 갇혔다고 했던가. 세워둔 게 갑자기 넘어지는 건 간혹 있는 일이니 문 맞은편에 두지 않도록 조심해야 할 것 같다.

"상황이 이러니 어쩌겠어. 이제 저녁까지, 남편이 올 때까지 이러고 있을 수밖에 없나 싶었는데, 다행히 가방을 가지고 있었거든. 가방 안엔 휴대폰이 있었고."

"아, 천만다행이네요."

"그래서 딸애한테 전화했더니 바로는 어려운데 두 시 지나서 올 수 있다는 거야. 그때가 한 시였으니까 한 시간 정도만 더 참으면 되는 거지. 그래서 의자에 앉아서 기다렸어. 무료하니까 좀 지나서 잠이 오는 거야. 꽤 시간이 흘렀나? 딩동, 하는 소리에 깼는데 철컥하고 현관에서 열쇠를 돌리는 소리가 나서 비몽사몽에 딸이 온 걸 알았어. 남편은 평소에 초인종 같은 건 안 누르고, 다른 사람은 열쇠를 안 가지고 있으니까. 그리고 화장실 문이 열린 다음에 딸이 복도에 서 있는데 표정이 좀 이상하더라고. 고맙다고, 덕분에 살았다고 그랬더니 이렇게 말하는 거야.

'무슨 뜻이야?' 무슨 말인지 모르겠지만 딸애도 마찬가
지인 표정이었어. 내가 무슨 말을 하는 건지 알아듣지 못하
겠다는 표정으로 보더라고.

'아니, 무슨 뜻인 게 어딨어. 계속 여기 갇혀서……'

'전화로 그렇게 말했잖아. 근데 이 문 그냥 열렸는데?'

깜짝 놀라서 복도에 나가봤더니 선반이 원래대로 벽에
세워져 있는 거야.

'네가 치운 거 아니고?'

자기가 올 때부터 이랬다고 딸애가 말하는데, 문을 막
고 있는 건 아무것도 없었고 갇혀 있지도 않았고 나오려고
만 하면 나올 수 있었다는 거야. 확실히 말해두겠는데 그럴
리 없거든. 물론 나도 선반이 넘어지는 걸 실제로 본 건 아
니야. 하지만 정말 그런 비슷한 소리가 나더니 문이 닫히고,
아예 안 열렸다니까? 여우에게 홀린 것 같다고 하잖아. 딱
그런 느낌이야. 내가 멍하니 있는데 딸애가 나보고 그러더
라고.

'왜 그래, 엄마. 잠이 덜 깬 거 아냐?'

'자고 있긴 했는데 그건 너한테 전화한 다음이야.'

'그럼 자는 사이에 누가 들어왔다는 거야? 도둑? 뭐 없어
진 거 있어?'

딸하고 둘이서 집안을 둘러봤는데 누가 뒤진 흔적도 없고, 딱히 없어진 것도 없었어.

'네 아빠가 뭐 놓고 간 거라도 챙기러 왔다가 선반을 제자리에 돌려두고…… 가진 않았겠지.'

남편 직장은 전철을 갈아타고 한 시간 정도 걸리거든. 뭐 가지러 잠깐 들를 거리는 아니야. 나중에 물어봤더니 그런 짓을 왜 하겠냐고 하더라고.

딸이 왔을 때 현관문이 잠겨 있었다는데 나갈 때 잠그는 건 열쇠 없이도 가능해. 버튼을 누르고 문을 닫으면 그대로 잠기거든. 문제는 집에 들어올 때야. 열쇠가 있는 게 아니면 전문털이범이지. 근데 도둑이 뭐 하러 왔냐는 거야. 아까 말한 대로 없어진 물건도 없고, 집 안도 멀쩡했거든. 오히려 넘어진 선반이 다시 원래대로 됐잖아. 희한하지? 남편하고 딸이 내 착각이라고, 꿈이었을 거라고 하는 것도 이해는 가. 근데 꿈이나 착각이 아니고 그때는 정말 화장실 문이 닫혀 있었어. 그건 분명한데, 딸이 왔을 때는 그렇지 않았던 것도 맞거든. 그러니까 내가 잠든 사이에 누군가가 집에 들어온 게 틀림없다는 거지. 하지만 누가? 어떻게? 왜 그런 걸까?"

이것이 이소베 씨의 상담 내용이었다 ― 카운터에 앉아 있는 나와 그 발밑에서 무릎을 감싸고 웅크린 사오(의 존재는 이소베 씨가 알 리 없지만)에게 들려준 이상한 사건이다.

무슨 일이었는지 짐작조차 가지 않는 나는 평소처럼 "다음에 오실 때까지 생각해볼게요."라는 말로 마무리했다.

그러나 저녁에 다시 얼굴을 마주한 사오에 따르면 그렇게 어려운 사건은 아니라는 것이다.

"그다음에 카운터에서 나오는 게 훨씬 어려웠어." 사오는 애용하는 긴 앞치마를 두른 채 부엌에서 입을 열었다. "무슨 일이었는지는 바로 알았거든."

"어? 진짜?"

"그건 그렇고." 냉장고에서 꺼낸 달걀을 깨면서 사오가 말했다. "본인한테 말하지 않는 게 좋을 거 같아. 나중에 다시 왔을 때 뭐 좀 알아냈냐고 물어보면 그냥 잘 넘겨."

"왜? 그게 무슨 말이야?"

사오는 달걀물을 프라이팬에 붓고 그걸 얇게 펴는 데만 집중할 뿐 대꾸조차 하지 않았다. 오늘 저녁 메뉴는 우리 둘 다 아주 좋아하는 오므라이스인 것이다.

"오늘 이야기의 중요한 포인트는 세 가지라고 할 수 있어."

예쁜 나뭇잎 모양의 오므라이스에 곁들일 샐러드와 함께 밥상을 차리며 사오는 설명을 계속했다.

"어제가 목요일이었다는 점과 이소베 씨의 나이. 그리고 집에서 아무것도 없어지지 않았다는 점."

사오는 알쏭달쏭한 말을 입에 담으며 자신의 오므라이스에 케첩을 뿌려 숟가락 뒤로 고르게 펴 발랐다.

"무슨 소리야? 그러니까 목요일이었다는 거랑 또……."

"언니, 얼른 먹어." 사오는 숟가락을 흔들며 말했다. "오므라이스 좋아하잖아. 식으면 맛없어."

그건 그렇다. 나는 숟가락을 입으로 가져가며 말했다. "역시 사오가 해주는 오므라이스가 제일 맛있어."

진심에서 우러나온 말이었다. 토마토의 진한 풍미가 느껴지는 볶음밥을 달걀지단으로 감싼 옛날식 오므라이스.

집에 있는 재료들로 골고루 맛이 배도록 볶아낸 적당하게 달큰한 밥.

그 밥을 감싸는 촉촉한 황금색 달걀지단.

살짝 바삭함이 느껴지는 표면이 한 숟갈 크게 뜨려 하는 숟가락에게 '뭐, 그러시던가' 하고 허가를 내주는 듯한 느낌마저 들게 한다.

오므라이스는 마법 같다. 그리고 가장 큰 마법은 누군가가 그걸 만들어주는 것이라고 생각한다.

나는 지금 사오의 마법의 힘을 대접받고 있다. 그뿐만 아니라 어릴 때 경험한 또 한 사람의 마법을 기억하고 있다.

사오는 그걸 기억하지 못할 테고, 줄곧 마법을 대접하는 쪽이다.

우리 사이에 존재하는 불공평함은 결코 내가 혼자 돈을 벌어서 먹여 살린다는 것만이 전부는 아니다.

오므라이스를 음미하며 지나온 시간들과 앞으로의 일들에 대해 생각에 잠겨 있던 나는 문득 오늘 들었던 이야기에 신경의 초점이 맞춰지기 시작했다.

"이소베 씨 말인데." 줄곧 신경이 쓰이던 부분이었다. "집에서 아무것도 없어지지 않았다고 했잖아."

"응?"

"그 말은 '도둑이 가져갈 만한 건' 없어지지 않았다는 의미지? 현금이나 그런 금품 말이야. 보석 같은 건 평소 스타일을 보면 별로 없을 거 같지만."

"응, 맞아."

"근데 그런 뻔한 게 아니라 눈에 잘 띄지 않는 오래된 그림이나 족자 같은 게 사실 엄청난 작가의 작품이었던 건 아닐까? 벽에 걸어두진 않고 어디 구석에 있었던 거지. 누가 그냥 휘갈긴 그림인데 집안에 대대로 내려온 거라 안 버리고 간직하고 있었던 거야."

"음……."

사오의 리액션이 없다. 먹는 데 전념하고 있는 것이다. 좁은 카운터에 갇혀 있느라 스트레스 때문에 배가 많이 고팠던 걸까.

"그런 건 없어져도 금방 알아채기 어렵잖아." 나는 혼자서 계속했다. "집에 뒹굴고 있던, 사실은 값이 나가는 물건을 누군가가 몰래 가지고 갔을 수도 있지."

"그런데." 사오가 오므라이스를 우물거리며 말했다. "으영우엔 모요을으……."

"뭐라고?"

"그 경우엔." 물을 한 모금 마시고는 다시 말했다. "목요일이 아니었어도 괜찮았을 거야."

무슨 말일까? 나는 잠시 생각해본다.

"아, 무슨 요일이든 가능한데 이소베 씨가 집을 비운 날이었으니까 도둑이 운이 좋았다는 거야?"

어제는 집에 있긴 했어도 화장실에 갇혀서 심지어 졸고 있었으니, 도둑에게는 별다를 게 없었겠지만.

"확실히 운이 좋긴 한데, 확률로 따지면 7분의 2야. 이소베 씨는 화요일에도 문화센터를 가니까."

"목요일이 아니면 안 돼."

사오는 잠시 숟가락을 내려놓더니 나를 타이르듯 말했다.

"아까 말했던 또 다른 포인트를 같이 생각해보면 말이야."

또 다른 포인트? 나는 열심히 떠올려보았다.

오므라이스를 먹기 전에 사오가 뭐라고 했더라? 목요일

이었다는 점, 그리고…….

"이소베 씨의 나이?"

"다음 주에 일흔 살이 된다고 했지?"

"맞아."

"그러니까 화요일은 안 되는 거야."

사오는 그 말만 남기고 다시 오므라이스에 집중했다. 아무래도 밥을 다 먹을 때까지는 친절한 설명을 듣기 어려울 것 같다.

"아, 잘 먹었다."

몇 분 정도 지난 후, 사오가 의자에 몸을 뒤로 기대며 만족한 고양이 같은 얼굴로 말했다. 자기가 만들었든 아니든 맛있었으면 그렇게 말한다는 게 사오가 중요시하는 마음가짐이다.

"나도 맛있게 잘 먹었어."

그렇게 식사를 마친 후, 호지차를 끓여 다시금 이소베 씨의 수수께끼에 대해 질문을 던져봤다.

"아, 그건 말이야." 사오는 양손으로 찻잔을 감싸며 입을 열었다.

"어쨌든 확실한 건 이소베 씨가 화장실에서 자고 있는 사이에 누군가가 집에 들어왔다 다시 나갔다는 거야. 혹시 안 자고 있었을 때 왔으면 현관에서 열쇠를 여는 소리가 들렸겠지. 그리고 또 하나, 그때 들어온 사람에게 그 집은 아무도 없었던 것처럼 보였어. 복도에 선반이 쓰러져 있다고 해도 아무 소리도 안 나는데 누가 어디 갇혀 있을 거라고 생각하진 않겠지. 따라서 누군가가 집에 몰래 들어왔다 ㅡ 집이 비었을 때 들어왔다가 나갔다면, 그 사람은 뭘 하러 왔을까?"

"집에 있는 뭔가를 가지러 왔나?"

"그렇다고만 볼 수는 없지. 예를 들면 반대로 뭘 가져다 놓으려고 왔을지도 몰라."

사오는 잠시 놀리듯 내 얼굴을 바라보더니 계속해서 말했다.

"하지만 집 안은 달라진 곳 없이 그대로였어. 없어진 물건도 없다고 했고, 아마 새로 생긴 것도 없을 거야."

"근데 아까 내가 말한……."

"아까 언니가 말한 것처럼." 사오는 약간 미간을 찌푸리더니 꾸욱 참는 듯한 말투로 이어서 설명했다.

"별로 눈에 띄지 않는 게 없어져서 이소베 씨가 눈치 채지 못했을 수도 있어. 정말 그럴 수도 있으니까. 하지만 만약 그게 도둑이었다면, 쓰러진 선반을 왜 벽에 세워놨을까?"

나는 생각해보았다. 친절한 마음에서…… 그랬을 리는

없다. 방금 사오가 말한 대로 이소베 씨가 갇혀 있다는 걸 알 리도 없으니.

"선반이 쓰러져 있으면 '집이 털린 것처럼' 보여서 그런 게 아닐까?"

"도둑이 들었을지도 모른다고 생각해서 집 안을 확인해 볼 수도 있으니까?"

그렇지, 하고 나는 힘차게 고개를 끄덕였다. "내 말이 그 말이야."

"근데 말이야." 사오는 주의를 끌듯 집게손가락을 세우며 말했다.

"도둑의 입장에서 보면 '빈집에 들어가 보니 복도에 선반이 쓰러져 있는' 상태인 거지, 언제 그렇게 됐는지는 모르잖아? 아무도 없을 때 쓰러졌을 거라고 단정 지을 수는 없어. 집에 사람이 있을 때 그랬을 수도 있잖아. 그 사람이 성격이 좀 급하거나 원래 털털해서 그냥 나갔을지도 모르니까. 그런 상황이면 오히려 난처해질걸? 선반을 괜히 세워놓는 거니까."

"그건 그렇겠다."

"외출할 때 선반이 세워져 있었다면, 집에 왔을 때 쓰러져 있는 걸 좀 이상하게 생각할지도 몰라. 하지만 외출할 때 쓰러져 있었는데 돌아왔을 때 세워져 있으면 '좀' 이상한 정도가 아니거든. 세워놨던 선반이 저절로 넘어질 수는 있어. 하지만 절대로 쓰러져 있던 선반이 제자리에 세워져 있을 수는 없잖아?" 사오는 확인을 받듯 말했다.

"응." 그 기세에 눌린 나는 머쓱하게 대답했다.

"문을 단번에 딸 수 있는 전문털이범이면 그런 부분도 염두에 둘 거야. 그러니까 그대로 두는 쪽을 택할 거라고 생각해. 만약 도둑이라면."

아하, 하고 고개를 끄덕이지 않을 수 없다. 그런데…….

"그럼 한마디로 도둑이 아니었다는 거야?"

"그게 자연스럽지 않아?" 사오는 어깨를 으쓱하며 계속 말했다.

"따라서 집에 들어온 사람은 원래대로라면 그날, 그 시간에 외출했을 이소베 씨의 일정을 잘 알고 있는 사람. 집에 있는 사이에 선반이 쓰러지면 그걸 그대로 두고 외출할 리 없는 이소베 씨의 성격까지 알고 있는 사람. 게다가 현관 열쇠를 가지고 있는 사람, 즉…….."

"이소베 씨의 남편?!"

"그렇게 되겠지." 사오는 가볍게 답했다. "일반적으로 보면 그게 자연스럽잖아."

"남편이 아내가 집에 없는 시간에 몰래 집에 들어간 거야?"

"그랬을 거라고 생각해." 고개를 끄덕이고 사오는 말을 이었다. "어제는 처음부터 회사에 가지 않고 집 근처에서 시간을 때우지 않았을까? 난 잘은 모르지만, 임원이면 매일 출근하지 않아도 되는 거잖아."

"나도 잘 모르지만 아마 그럴 거야."

나는 약간 씁쓸한 기분으로 대답했다. 별로 좋은 이야기가 아닐 것 같은 예감이 들었기 때문이다. 남편의 행동은 분명히 수상쩍다. 자기 집이니 당당하게 다니면 될 것을 일부러 몰래 움직였다. 부인이 집을 비우는 날을 미리 확인하고, 회사에 가는 척하면서 가지 않았고, 나중에 물어봤을 때도 거짓말을 했다.

이소베 씨의 입장에서 속상한 상황이 되는 건 아닐까. 그러고 보니 사오도 그런 말을 했던 것 같다.

뒷이야기를 듣고 싶으면서도 듣고 싶지 않은 기분이었지만, 나는 계속해서 재촉하듯 물었다.

"그래서?"

"집에 들어간 사람이 남편분(ご主人)이라고 치고……." 사오는 말하다 말고 눈살을 찌푸리며 말했다. "이 말, 별로야."

그건 나도 좋아하지 않는다.

"하지만 어쩔 수 없지. '바깥어른'이라고 하기도 좀 그렇고, 그렇다고 우리가 '바깥양반'이라고 부를 순 없으니까."

"그래, 이름을 붙이자. 마키오(卷夫) 씨는 어때?"

이소베(磯部)라는 성씨에서 떠올렸다는 걸(김으로 재료를 감싼 요리인 '이소베마키'와 발음이 비슷하다-옮긴이) 쉽게 알 수 있는 이름이다.

"그래. 그냥 그렇게 부르지, 뭐."

"그럼 마키오 씨는 뭘 하려고 집에 들어갔을 것 같아?"

"그거야……."

먼저 물어봐놓고선 사오는 내 말을 가로막는다.

"뭔가 가지고 나갔다는 건 좀 말이 안 되는 것 같아. 눈에 띄는 물건이면 아내가 알아차릴 텐데, 눈에 안 띄는 거면 아까 언니가 했던 말처럼 없어져도 모를 것 같은 물건을 그것도 마키오 씨가 가지고 나갔다는 거잖아? 언제든지 할 수 있을 텐데 말이야. 아내가 집에 없을 때 몰래 들어갈 필요가 없지."

나는 고개를 끄덕였다. 맞는 말이다. 그건 평소에도 얼마든지 가능할 것이다. 타이밍을 봐서 자신의 가방에 넣어둔다든가.

"가지고 나가는 것뿐만 아니라 가지고 들어오는 것도 마찬가지야. 즉 마키오 씨는 뭔가를 가지고 나간 것도 아니고, 가지고 들어온 것도 아니야."

"그럼 목적은 물건이 아니었다는 거구나."

당연히 그럴 거라고 생각했던 것이다. 하지만 사오는 과장되게 눈썹을 추켜세웠다.

"왜 아니야?"

"아니, 가지고 나온 것도 아니고 가져다놓은 것도 아니면⋯⋯."

"또 있잖아. 우리가 물건으로 할 수 있는 건."

"예를 들면?"

"일단 보거나, 만지기도 하고."

그렇긴 하다.

"하지만 그거야말로 마키오 씨 입장에서 보면 언제든지 할 수 있는 일이잖아. 집에 있는 물건을 보든 만지든." 나는 열심히 반박했다.

"항상 그럴 수 있는 건 아닐지도 모르지. 힐끗 볼 수는 있어도 유심히 바라보거나 손으로 들거나 하기는 어려운 게 있을 수도 있어."

사오가 하려는 말이 뭔지 도통 알 수 없었다.

"그러니까 여기서 목요일이 나오는 거지."

"뭐?"

"수영 교실 가는 날." 사오는 거듭 확인하듯 물었다. "그 날 이소베 씨가 빼먹지 않고 하는 준비가 있지?"

"옷 밑에 수영복 입는 거?"

"그거 말고 또 하나 있잖아."

또 뭐가 있었지? 나는 생각해보았다.

"맞다, 반지! 잃어버리면 큰일이니까 빼놓는다고 그랬나?"

"그래. 항상 끼고 다니는 결혼반지를 빼서 집에 두고 나간다고 했어. 언니가 그랬지? 이소베 씨는 집에 여유가 있는 편인데 평소에 옷차림이 수수하고, 보석 같은 건 많이 없을 것 같다고."

"응, 맞아."

"검소하게 아끼려고 그런 건 아니고 원래 그런 분이겠지만, 마키오 씨는 이번 기회에 선물해주려고 한 게 아닐까?"

"이번 기회에?"

그러자 사오는 노골적으로 '그런 것도 모르냐'는 표정을 지으며 말했다.

"다음 주에 일흔 살이 된다고 했잖아. 다른 말로 하면 다음 주가 생일이라는 거지."

그렇구나. 생각지도 못한 부분이었다. 그리고 '생일'이라는 단어 하나에 가족들의 수상스러운 행동의 의미가 완전히 다르게 느껴진다.

"다정한 남편인 마키오 씨는 아내의 생일에 멋진 반지

를 주려고 계획했어." 사오는 당연하다는 듯한 얼굴로 계속했다.

"하지만 반지는 사이즈가 있는데, 아내가 무슨 사이즈인지 모르는 사람이 보통 더 많겠지. 나는 내 사이즈도 모르니까. 깜짝 선물이라 당연히 본인한테 묻기도 뭐하고, 손가락에 실을 감아서 재볼 수도 없거든. 지금 하고 있는 반지를 종이 위에 놓고 연필로 덧그리면 사이즈를 알 수 있어. 근데 아내는 검소한 사람이고, 사치품은 잘 간직한 결혼반지 정도야. 그건 항상 손에 하고 있으니까……."

"빼놓고 가는 날 몰래 집에 들어갔다는 거야?"

"그렇지." 사오는 고개를 끄덕이며 답했다. "그러니까 화요일은 아닌 거야. 고전문학 강좌에 갈 때는 반지를 빼놓지 않으니까."

"아까 한 말은 그런 뜻이었구나. 이소베 씨한테는 말하지 않는 게 좋을 것 같다고 했던 게."

"맞아. 이소베 씨가 다음에 오는 날이 언제인지, 생일이 다음 주 무슨 요일인지에 따라 또 다르겠지만. 아무튼 오늘은 이따 9시부터 '사바나 동물 스페셜' 하는 날이니까 얼른 씻어야 해. 언니도 슬슬 들어가 봐야지. 미나카타 남매 중 하나가 초조하게 기다리고 있을걸?"

그런 이유로 이소베 씨가 다음번에 목욕탕을 찾았을 때

— 다음 주 수요일에 와서 호기심을 담은 눈길을 보냈을 때 나는 죄송하지만 요즘 좀 바빴다고 둘러댔던 것이다.

그리고 또 며칠이 지나 토요일이 됐다. 평소에 주말에는 거의 오지 않던 이소베 씨가 어쩐 일인지 얼굴을 비췄다.

"전에 이야기한 그거, 뭔지 알았어."

카운터로 오자마자 그녀는 들뜬 목소리로 말했다.

"아, 그러세요?"

"그래. 그게 말이야, 실은 어제가 내 생일이었거든."

이소베 씨는 말하다 말고 뒤돌아서 차례를 기다리고 있는 가족 손님들과 학생들의 모습을 보았다.

"다음에 다시 설명해줄게. 바쁜데 미안해. 그건 그렇고……."

카운터 옆을 지나치며 혼잣말처럼 이소베 씨는 덧붙였다.

"남자들은 가끔 깜짝 놀랄 만큼 쓸데없는 데 돈을 쓴다니까."

그러고는 여느 때처럼 화장기 없는 뺨을 살짝 물들이며, 반짝이는 눈을 가늘게 뜨고, 여탕의 천막을 지나갔다.

그렇게 그런대로 순조로운 나날을 보내고 있다고 생각하던 어느 날, 카운터의 전화가 울렸다.

전화는 평소에도 당연히 종종 걸려오는데, 간단한 내용

이면(영업시간 문의, 분실물 연락 등) 직접 응대하고 복잡해지면 엘렌에게 전달한다.

하지만 그날 걸려온 전화는 아마 처음으로 나를 찾는 전화였을 것이다.

"사쿠마 리오 씨 계십니까?" 들어본 적 없는 남자의 목소리다.

"네, 전데요."

"안녕하세요. 세무서의 미무라라고 합니다. 실은 경영하고 계신 목욕탕에 관하여 좀 여쭤볼 게 있어서요."

세무서의 전화를 받으면 특별한 잘못이 없더라도 괜스레 심장이 떨리는 사람들이 많을 것이다.

그런데 희한한 것은 상대방도 긴장하고 있는지, 어조에 망설임이 묻어나는 분위기였다는 것이다.

"빠른 시일 내에 뵐 수 있을까요? 근처에 혹시 카페라도 있으면 한번 뵙고 말씀드리고 싶은데……."

꺼낸 말도 약간 의외의 내용이었다.

"세무조사나 그런 건 아닙니다. 말하자면 비공식적으로, 말씀을 들어볼 수 있는지 해서요."

도대체 무슨 일일까.

잘은 모르지만 실질적인 경영은 미나카타 남매, 특히 엘렌이 맡고 있다. 내가 나가더라도 먼저 엘렌과 상의하는 게 나을 것 같은데.

그런 나의 속마음을 수화기 너머로 읽은 것처럼 상대방은 재빠르게 덧붙였다.

"이번 일은 최대한 조용히 부탁드립니다. 워낙 이례적이어서요. 다른 분들 그리고…… 가능하면 직원분들도 마찬가지입니다."

"네?"

"특히 직원분들은 더." 남자는 강조하듯 반복했다. "혼자서는 마음이 좀 내키지 않으시면, 목욕탕을 같이 하시는…… 동생분이셨나요? 사쿠마 사오 씨가 동석하셔도 괜찮은데요."

마음을 써서 말해준 것이겠지만, 사람을 좋아하지 않는 사오가 함께 가줄지는 의문이다.

"일단 한번 만나뵙고 말씀 나누시죠. 시간도 장소도 편하신 대로 맞추겠습니다."

"알겠습니다."

망설이다가 그렇게 말한 것은 상대방의 열성에 압도당한 것이 반, 호기심이 반이었다. 내가 승낙하자 상대방은 감사하다고 인사를 건넸다.

목소리 톤이 달라졌다. 안심한 듯 밝은 목소리 — 솔직하다고 해야 할지 소년 같다고 해야 할지, 감정이 드러나는 사람이다.

내가 멋대로 가지고 있던 '세무서 사람'의 이미지와는 확실히 좀 달랐다.

며칠 후에 대면한 미무라 씨는 내가 멋대로 가지고 있던 이미지에 근접한 외모를 가진 사람이었다.

어느 쪽인가 하면 피부가 하얀 편이다. 숱이 많은 머리를 (약간 부스스하지만) 칠 대 삼 가르마로 갈라놓고, 짙은 남색 양복을 입었다. 굉장히 성실해 보이기도 하고, 융통성이 없을 것 같기도 하다.

이목구비는 뚜렷하지 않은 건 아니지만, 그렇다고 잘생긴 것도 아니다. 어느 쪽이 됐든 눈에 띄지 않을 외모다. 나이는 나와 비슷한 20대 중반쯤으로 보인다.

아침부터 카페에서 그런 미무라 씨를 마주하고 있는 것은 나 혼자였다. 사오에게 같이 가자고 물어봤지만 오지 않았던 것이다. 뭐, 별로 놀랄 만한 일은 아니다.

"바쁘신 와중에 시간 내주셔서 감사합니다."

그는 나를 향해 정중히 고개를 숙이며 다시 말을 이었다.

"깜짝 놀라셨을 거예요. 오늘 뵙자고 한 건 사실⋯⋯."

조심스레 말을 꺼내긴 했지만 좀처럼 다음 말이 나오지 않는지 머뭇거리는 미무라 씨를 참을성 있게 기다리고 있자 겨우 입을 열었다.

"세무조사라는 말은 들어보셨죠?"

"네."

"세무조사라는 건 간단하게 말씀드리면 '내고 있는 세금이 매우 적다', 즉 탈세가 의심될 때 보통 진행됩니다."

탈세? 우리 목욕탕이 그런 의심을 받고 있다고? 하지만 전화할 때는 세무조사가 아니라고 했는데.

"탈세의 일반적인 패턴은 영업 등을 통해 발생한 이익을 실제보다 적게 보이게끔 만드는 것인데요. 다시 말하면 매출을 적게, 또는 경비를 많이 신고하는 거죠. 여기까진 이해되시나요?"

"네."

"그리고 사쿠마 씨가 물려받으신 '행운 목욕탕'의 경우에는······."

나는 긴장이 됐다. 무엇이 문제인 걸까.

"사실 신고 내용에 미심쩍은 점이 있습니다. 다만······." 미무라 씨는 몸을 앞으로 기울였다. "이익이 적어서가 아니라 그 반대거든요."

"네?"

"매출은 실제와 크게 다르지 않을 겁니다. 하지만 경비가 지나치게 저렴해요. 비슷한 규모의 다른 목욕탕과 비교해서 일단 말도 안 되는 정도죠."

"그런가요?"

그러리라고는 꿈에도 생각하지 못했다. 깜짝 놀란 내게 미무라 씨는 계속 설명했다.

"신고 내역 상으로는, 적긴 하지만 이익이 발생되고 있다고 확인됩니다. 하지만 일반적으로 생각해보면 이상하거든요."

미무라 씨는 열정적인 말투로 말을 이었다.

"저도 그 동네의 역 반대편에 살고 있는데, 예전에는 그 근처에도 다른 목욕탕이 있었습니다. 경영이 어려워져서 문을 닫았지만, 위치도 역에서 가까워서 손님은 '행운 목욕탕'보다 훨씬 많았을 거예요."

"그런데도 폐업했군요."

"맞아요. 그게 자연스러운 흐름입니다. 평균적으로 손님이 그 정도인 경우에 흑자가 날 리 없거든요. 운영하시는 목욕탕은 영업 시작도 2시라서 빠른 편이고요. 영업시간이 길어지면 당연히 경비도 늘어납니다. 뭐, 그만큼 문을 닫는 시간도 이른 편이라서 상쇄되겠지만요."

나는 조심스레 입을 열었다.

"아까 말씀하신 경비가 저렴하다는 건, 예를 들면……."

"우선 인건비죠. 애초에 직원을 두 명만 두셔서 직원 수가 적은 편인데요." 하긴 그건 나도 신경이 쓰였던 점이다.

"직원분들의 급여도 파격적으로 적다고 볼 수 있는 수준입니다."

모르고 있었다. 사무업무를 맡고 있는 엘렌이 월말에 장부를 보여주기는 하지만, 제대로 읽어보진 않았기 때문이다. 그야말로 이름뿐인 오너, 아르바이트를 하는 감각으로 카운터를 맡고 있는 게 전부라고 할 수 있다.

"어느 정도 노동 강도가 있는 일이기 때문에 일반적으로 급여는 꽤 높게 설정된 편입니다. 그리고 수도나 가스 요금, 목욕탕의 경우에는 그게 경비의 큰 부분을 차지하는데요."

"그것도 많이 안 나오는 편인가요?"

"그렇습니다. 다른 목욕탕과 비교하면 굉장히 적은 편입니다. 장작을 사용하는 경우에는 석유보다 비용이 절감되긴 하겠지만, 그렇다고 하더라도 좀 이상한 정도죠."

"만약 그렇다면 어떻게 계속 운영이 되는 걸까요?" 나는 의문스러운 점을 질문했다. "다른 목욕탕처럼 욕탕에 물이 있고 샤워도 할 수 있고 청소도 말끔하게 되어 있는데, 어떻게 그럴 수 있는 걸까요?"

"그걸 여쭤보고 싶었습니다." 미무라 씨는 조용하게 말했다. "역시 예상했던 대로 자세히는 모르고 계시는 것 같군요."

나는 잠시 곰곰이 생각해보았다 — 그렇지만 쳇바퀴 속 햄스터처럼 조금도 앞으로 나아가고 있는 것 같지 않은, 그런 기분이다.

"적어도 몇 년 전부터 그런 상황이 계속되고 있어요."

미무라 씨가 다시 입을 열었다.

"처음엔 제가 우연히 알게 되면서 회사에도 알려지게 됐습니다. 그런데 제 상사를 비롯한 주변 반응은 이해하기 어렵긴 하지만 탈세가 아니다, 오히려 세금을 더 내고 있으니 일부러 체크할 필요가 없다는 식이죠. 전에는 예전 사장님께서 의도하시는 바가 있을 거라고 생각했습니다. 급여나 전기, 가스, 수도 요금 모두 실제로는 지출이 더 있지만 자비로 충당하면서 장부에 적게 기재하는 거라고요."

"그런 게 흔히 있는 일인가요?"

"아니요." 미무라 씨는 단호하게 고개를 저었다. "개인이 경영하는 가게가 적자일 경우에 업주가 자비로 충당하는 건 흔한 일입니다. 그렇지만 장부상에 군이 흑자로 보이게끔 기재하면서까지 세금을 낸다는 건 이해하기 어렵다고 할 수 있죠. 그리고 스나다 씨가 돌아가시면서 조카분들이 물려받으신 지금도 비슷한 상황에서 영업하고 있다는 건……."

"그렇다는 건……?"

"확인하고 싶은 게 있습니다." 미무라 씨는 내 얼굴을 들여다보며 말했다. "사쿠마 씨는 카운터를 주로 보시고, 경리나 관련 업무는 직원분에게 맡기고 계신 게 확실히 맞나요?"

"네, 맞아요."

"그럼 직원분들이 본인들의 판단으로 하고 있단 거군요."

믿기지 않는 상황에 당혹스러움이 밀려온다.

"그러니까 두 사람이 아주 적은 월급을 받으면서 체력적으로 힘든 업무를 하고, 본인들의 가게도 아닌데 자비로 수도 요금이나 다른 비용을 충당하면서 '행운 목욕탕'을 운영하고 있다 — 그런 말씀이세요?"

"게다가 흑자로 보이게끔 장부를 조작해서 업주에게 이익이 나도록 만들고 있죠. 아시다시피 큰 금액은 아니지만."

그 말을 듣고 할 말을 찾지 못해 아마도 입을 멍하니 벌리고 있었을 내게 미무라 씨는 다시 말을 건넸다. "당연히 무척 드문 일입니다."

점잖은, 또 다정하게도 느껴지는 목소리다.

저어, 하고 입을 연 나는 혼란스러움을 담아 물었다.

"뭐라고 하면 좋을지…… 아니, 어떻게 생각하면 좋을지 모르겠네요."

"물론 저도 이해하기 어렵습니다만……."

잠시 말이 없다. 하지만 뭔가 뒷말이 더 있을 것 같은 느낌이 든다.

"뭔가 생각하고 계신 게 있으신가요?"

내가 묻자 미무라 씨는 테이블에 놓여 있던 수첩을 만지작거리며 말했다.

"어느 정도는 제 머릿속 생각일지도 모릅니다. 아니, '어느 정도'가 아니라 그냥 제가 멋대로 하는 상상일지도 모르죠. 하지만 어쩌면 그 직원들에게는 은밀한 목적이 있고, 목욕탕은 그 은신처인 게 아닐까요?"

"그게 무슨 말씀이신지……."

"굉장히 상상을 보탠 부분을 말씀드리자면, 보일러에 장작을 지필 때 무언가를 함께 — 쉽게 처리하기 어려운 물건을 소각하고 있는 겁니다. 예를 들어 범죄 증거물 같은 걸 소각해주는 그런 장사를 하고 있다거나, 어떠한 조직 또는 업자와 연결고리가 있다거나 말이죠. 그게 엄청난 돈벌이가 된다면 목욕탕은 이익을 따지지 않아도 괜찮으니까요."

나는 맞은편에 앉아 있는 남자의 얼굴을 찬찬히 보았다.

가격대가 있을 것 같지 않은 정장에 무난한 넥타이, 누가 봐도 성실하고 똑똑해 보이는 이른바 상식선에서 판단할 타입인 사람.

하지만 지금 하는 이야기를 들어보니 아무래도 상식선에서 판단할 타입이라고 말하긴 어려울 것 같다. 목욕탕의 단골 할머니 손님들, 삼촌이 스파이였을지도 모른다며 무책임한 말을 하는 사람들과 크게 다른 구석이 없는 게 아닐까.

"어디까지나 예를 들어 드린 말씀입니다, 저희끼리 나눈 얘기인 걸로……."

미무라 씨는 내 얼굴을 보고 약간 겸연쩍은 듯 덧붙였다.

"현실적이지 않다는 건 알고 있습니다. 회사에서도 얘기하지 않았고, 물론 말할 생각도 없고요. 다만 그렇게 생각하게 만들 만큼 부자연스러운 상황이 현실적으로 존재하고 있어요."

"후우……."

"오늘 이렇게 뵙자고 한 건 사쿠마 씨가 아시는지 궁금했고, 아마 모르실 것 같아서 일단 말씀드려두고 싶었습니다. 조심하셨으면 좋겠다는 말이 더 정확할지도 모르겠네요. 설마 그 직원분들이 정말로 그런 쪽 분들은 아니겠지만, 평범하진 않으니까요."

여기서 나는 아까부터 막연하게 궁금했던 점을 또렷하게 의식했다.

"혹시……."

"네."

"저희 목욕탕에 근무하는 미나카타 글렌과 엘렌, 두 사람을 만나본 적 있으신가요?"

방금 했던 말은 그렇게 들렸다. 그 말이 아니더라도 '행운 목욕탕'에 대해서 신고서 숫자 외에도 잘 알고 있는 듯한 느낌이었고.

"사실 목욕하러 간 적이 있습니다. 아까 말씀드린 것처럼 의문이 들어서요. 그리고 근처 목욕탕이 폐업을 했거든요. 집에서도 할 수는 있지만 좁은 편이라⋯⋯."

미무라 씨는 뭔가 핑계처럼 말하고는 다시 설명을 이어갔다.

"그러다 보니 전에 삼촌분이 계실 때 몇 번 가서 직원분들을 봤고 손님들끼리 하시는 얘기도 들었어요. 사쿠마 씨가 물려받으신 후에도 두 번 정도 갔습니다."

"혹시 오셨을 때⋯⋯."

"참고로 제가 갔을 때 카운터는 사쿠마 씨가 보셨습니다. 물론 기억은 못하시겠죠." 그는 눈을 살짝 크게 뜨며 말했다.

"아! 죄송해요⋯⋯."

"아닙니다. 당연히 그러시겠죠." 미무라 씨는 계산서를 본인 쪽으로 가져가며 다시 말했다.

"모쪼록 조심하시길 바랍니다. 약간 유난스러울 수도 있겠지만, 방금 드린 얘기는 한번 생각해보셨으면 좋겠어요. 어쨌든 부자연스러운 상황인 건 분명하니까요. 신뢰할 수 있는 분에게 의논을 드려보면 어떨까요?"

그 말을 듣고 내 머릿속에는 왜인지 구라이시 씨가 떠올랐다.

어머니의 무덤을 찾은 나에게 말을 걸어왔던 기도 변호사님의 조수. 그 후에도 사무실에서 몇 번 만났고, 변호사님에게 전화할 때면 항상 전화를 받아주는 사람. 어째서 변호사님이 아니라 구라이시 씨를 떠올렸는지 그 이유는 분명하지 않은 채, 나에게도 뜻밖이었지만 말이다.

4

머리 위로 작은 새가 지저귀는 소리가 들려왔다.

한참이 지난 일 같지만, 실제로는 두 달도 채 지나지 않은 어머니의 기일에 벌어진 일을 떠올렸다. 여름의 기척이 느껴지는 무덤가에서 변호사 사무소의 구라이시 씨가 말을 걸었고, 그것이 모든 일의 시작이었다.

지저귀고 있는 작은 새의 이름을 알려줬는데 — 방울새였던가.

지금은 완연한 가을 날씨, 장소도 무덤이 아니라 '행운목욕탕' 뒤편에 있는 작은 숲이었다.

들려오는 새소리도 그때와는 다르다. 삑삑, 하고 지저귀는 맑은 울음소리.

"박새 같은데."

그렇게 알려주는 것은 사오의 목소리다. 가끔은 둘이서 산책이라도 하자며 함께 나온 참이었다.

"그래? 소리만 듣고도 아는구나."

"그건 아닌데, 박새 정도는 기본 상식이니까."

있는 건물이라고는 '행운 목욕탕'과 그 뒤편의 작은 집 한 채가 전부인 주택지 변두리의 작은 언덕. 영업시간이 아닐 때나 정기휴일인 화요일(오늘이 그렇다)에는 인적이 드물다. 아주 가끔씩 강아지를 산책시키러 오는 사람이 있긴 하지만.

사람이라는 존재를 그다지 좋아하지 않는 동생과 산책하기에 딱 좋은 장소인 데다 사오에게는 활용도가 높은 장소이기도 하다 — 식탁에 올릴 들풀을 수확할 수 있기 때문이다. 그 목적에 걸맞게 작은 바구니를 한 손에 들고 있다.

늘 애용하는 부츠로 낙엽을 바스락 바스락 밟으며 이리저리 둘러보는 동생에게 말을 꺼냈다.

"지난번에 얘기했던 경비 말이야."

"응, 확인해봤어?"

"일단 인건비가 말이야. 월급이 적었어. 아주 적다는 건 장부만 봐도 금방 알 수 있겠더라고. 그동안 제대로 안 봤던 거야."

업무량을 생각하면 터무니없이 적을 정도라서 그 월급

으로 고용할 수 있는 사람은 거의 없을 것이다.

사오는 갑자기 몸을 숙이더니 손을 뻗어 풀잎을 이리저리 살펴본다.

"수도 요금이나 그런 건?"

"그런 경비는 숫자를 봐도 잘 모르겠더라."

공과금은 시세를 짐작하기가 어렵다. 조언을 구할 수 있는 목욕탕 일을 하는 지인도 없다.

"목욕탕을 하는 사람이 쓴 블로그 같은 건 봤어. 정확하게 숫자가 나와 있는 건 아니지만, 역시 우리보단 많이 내는 것 같더라고. 아마 두 배는 될지도 몰라."

"세무서 사람이 한 말이 맞나 보네. 이상한 거 같아." 사오는 풀잎에서 손을 떼며 일어났다.

"그러게."

"그럼 이제 어쩌지?"

"우리가 할 수 있는 건 하나,가 아니라 둘이겠구나. 두 사람하고 얘기해보거나 다른 누군가와 의논을 하는 거지."

"누구랑?"

"기도 변호사님?"

그렇게 응하면서 나는 엉뚱한 곳을 쳐다보았다. 볼이 빨갛게 달아오를까봐 사오의 눈을 피했던 것이다.

기도 변호사님을 생각하면 세련된 인테리어의 사무실이

눈에 그려지고, 마치 그 사무실의 일부처럼 구라이시 씨의
모습이 머리에 떠오른다.

호리호리하지만 어깨가 넓어 슈트가 어울리는 체격. 단
정하게 매만진, 살짝 기장이 있는 검은색 머리. 그런 머리
스타일이 어울리는 단정한 이목구비까지.

"물론 글렌이랑 엘렌한테 직접 보여주는 게 가장 빠르겠
지만." 나는 말을 딴 데로 돌리며 그건 힘드니까, 하고 얼버
무렸다.

그동안 얘기해보려고 한 적은 있지만, 사실 그러기가 쉽
지는 않다는 게 솔직한 심정이다.

"둘 다 워낙 바빠서 말을 걸기도 힘들거든. 영업 시작 전
에는 할 일이 많고, 그 후에는 내가 카운터에서 손님을 응대
하고, 또 저녁에는 시간도 늦으니까 최대한 빨리 정리하고
집에 가고 싶잖아."

"그렇기도 한데, 그 두 사람……."

사오는 멈춰 서서 고개를 숙이더니 줄곧 살펴보던 오솔
길의 풀이 원하던 게 아니었는지 몸을 일으킨다.

"얘기 좀 할라치면 글렌은 말이 잘 안 통하고, 엘렌은 또
너무 유창하단 말이야."

"맞아, 그렇다니까." 나는 힘차게 고개를 끄덕였다. "너무
유창해서 요리조리 빠져나간다고 해야 하나? 말꼬리를 잡

을 구석이 없어서 얘기하다 보면 대화 주제를 바꿔버리는 느낌이야."

"예전에 내가 말했잖아. 글렌은 돌을 깎아서 만든 인형이고, 엘렌은 물가의 나무를 깎아서 만든 인형이라고."

나는 사오의 얼굴을 보았다. 작고 여리여리한 체구에 부드러운 긴 머리칼을 늘어뜨린, 열다섯 살로밖에 보이지 않는 열아홉 살의 동생.

이렇게 숲속에서 얇은 원피스에 카디건을 걸치고 바구니까지 들고 있으니 그림책이나 애니메이션에 나오는 등장인물처럼 보이지만, 동생은 그렇게 보일 뿐 동화를 믿지는 않을 성격이다.

어쨌든 사오는 '탐정'이기 때문이다.

현실적인 부분을 어느 정도 알고 있어야 수수께끼를 해결할 수 있는 법이다. 비록 일상생활의 연장선상에 있는 사소한 수수께끼, 목욕탕 카운터에 의뢰할 만한 내용이라고 해도 말이다.

"응, 그랬지." 나는 조심스럽게 물었다. "설마 진심으로 말한 건 아니지?"

"그건 그렇지." 사오는 애매하게 고개를 끄덕이고는 다시 입을 열었다. "그때 인간적인 느낌이 없다고도 했었잖아. 생각나?"

이번에는 내가 고개를 끄덕이자 사오가 계속해서 자신의 생각을 말했다.

"세무서 사람이 말한 것처럼 그런 범죄 조직과 연관되는 건 오히려 굉장히 인간적인 느낌에 가깝다고 생각해. 그 둘은 일단 그런 일이 안 어울리고, 하지 않을 것 같단 말이지."

나는 사오가 한 말을 곱씹어보았다.

"맞아. 수상해 보일 때가 있긴 한데, 나쁜 사람들 같진 않아."

"좋고 나쁘고를 떠나서 그런 사람들하고 뭔가를 하기엔 엘렌이 너무 똑똑하고, 글렌은 또 머리가 너무 나쁜 것 같거든."

굉장히 노골적인 말투─특히 글렌을 언급할 때 유독 그런 느낌이다.

"사오는 글렌이랑 친한 줄 알았어."

그동안 들은 얘기로는 파에 물을 주거나 뒷마당에 나갈 때 종종 보일러실 밖에서 쉬고 있는 글렌의 모습을 목격해 서로 눈이 마주치는 경우도 있다고 했다.

그렇다고 말을 걸 사오가 아니고, 글렌도 매한가지다. 그렇지만 암묵적으로 서로 존중하는 분위기가 흐른다고 한다. 서로를 불편해하지 않고, 그 자리에 있는 걸 인정하는 듯한 분위기라는 것 같다.

"친한 건 아니지." 사오는 단언했다. "그렇긴 한데……."

"그렇긴 한데?"

"언니도 알다시피 나는 친구라는 게 있어본 적이 없지만." 사오는 당연한 것을 말하는 듯한 말투로 계속했다. "어쩌면 여태까지 만났던 사람 중에 가장 그 비슷한, 친구 같은 존재일지도 몰라."

친구. 그 단어를 들으며 나는 두 사람이 뒤뜰에 있는 모습을 상상해보았다.

덩치 큰 외국인 남자와 가냘픈 소녀의 외모를 지닌 동생. 동떨어진 분위기의 두 사람이 같은 부지 내에 있는 두 건물의 뒤편에 서서 서로의 존재를 인식하며 한마디 인사조차 나누지 않는다.

그런 사이를 '친구'라고 부르는 건 자연 속에 살며 자주 마주치는 야생 동물을 친근하게 부르는 느낌이라고 볼 수 있지 않을까.

확실히 글렌은 커다란 초식동물처럼 무해한 분위기를 풍긴다. 하지만 미무라 씨 말대로 무언가 이해하기 어려운 행동을 하고 있는 건 분명하다.

글렌과 엘렌 남매의 목적은 무엇일까? 애초에 두 사람은 도대체 누구일까?

목욕탕 단골이나 남 얘기를 좋아하는 할머니 손님들도

그들에 대해서는 잘 모르는 듯하다.

"참 기특해. 외국인인데 얼마나 힘들겠어. 원래 나라에 목욕탕도 없을 텐데."

이렇게 평가하면서도 '원래 나라'가 어딘지는 모르고, 더 나아가자면 그다지 흥미도 없는 것 같다.

할머니 손님들의 말에서 알 수 있었던 것은 두 사람이 일하기 시작한 시기가 5, 6년 전 — 삼촌이 목욕탕을 맡고 조금 지난 후였고, 당시에는 몇 명 있던 직원들이 점점 줄며 두 사람이 모든 일을 맡기 시작했다는 것 정도였다.

"생각해보면 진짜 둘에 대해서 아무것도 몰라. 어디 사는지도 모르고."

물론 사무실에 보관된 서류를 보면 주소는 있겠지만.

"쉬는 날에 뭐 하는지, 점심이나 저녁은 어쩌고 있는지도 모르니까."

"비스코가 주식 아닐까? 글렌이 먹는 거 자주 봤거든."

"설마 그렇진 않겠지."

"주식은 아니고 연료인가. 아무래도 인형이니까." 그러더니 사오는 무심하게 덧붙였다. "그럼 인건비가 싼 것도 당연하잖아. 집세도 필요 없지 — 일 끝나면 창고 구석에 있는 상자 같은 데 들어가서 자기가 스위치를 끄면 되니까."

"또 그런 소리 한다."

"그럼 언니는 그 둘이 출근하거나 퇴근하는 거, 본 적 있어? 없잖아."

마지막 말은 듣고 보니 맞는 말이었다.

밤에는 두 사람에게 문단속을 맡기고 먼저 퇴근하고, 아침에는 밖에서 준비하는 소리를 듣고 출근했다는 걸 안다.

만약 두 사람이 출퇴근도 하지 않고 목욕탕 한편에 숨어 있다고 해도 우리로서는 알 도리가 없다.

나는 고개를 저었다. 당연히 말도 안 된다. 말이 될 수가 없는 일이다.

"다른 얘긴데." 사오도 진심은 아니라는 듯 주제를 바꾼다. "세무서 사람, 미무라 씨라고 했었나? 요즘 자주 온다며."

그렇다, 미무라 씨는 그 후로 종종 방문하고 있다.

일주일에 하루나 이틀, 주로 평일 저녁에 온다. 시간이 늦어서 마감하기 직전에 올 때도 있다. 조용히 왔다가 조용히 가는 걸 보면, 물론 그냥 목욕을 하러 오는 것 같다.

내 얼굴을 보면 안녕하세요, 하고 인사를 건네지만, 더 이상 대화를 나누는 일도 없다. 정장이 아니라 캐주얼한 옷차림이니 퇴근하고 집에 한 번 들러서 갈아입고 오는 듯하다.

그때 말하기로는 분명히 역 반대편에 산다고 했고, 그 근처라면 여기까지 걸어오기에 먼 거리는 아니다. 굉장히 특이한 사람인 것 같긴 하지만.

"우리 목욕탕 물이 마음에 들었나."

내 말에 사오는 아무 말 없이 다시 풀을 따고 일어나더니 물었다.

"그 사람 있잖아." 갑자기 내 얼굴을 똑바로 들여다본다. "언니한테 난감하게 굴진 않아?"

"무슨 뜻이야?"

나는 조금 놀랐다 — 그 말투에서 묘한 진지함이 느껴졌기 때문이다.

"아니면 말고." 그러고는 갑자기 동생은 태도를 바꿨다. "맞다, 다음에 그 사람 오면 말해줘."

"어? 왜?"

"얼굴 보고 싶어서."

"그니까, 왜 보고 싶은데?"

"재밌을 것 같잖아. 그런 사람이 많겠어? 목욕탕 직원이 범죄 조직이랑 관련이 있고, 보일러로 증거물을 처분한다고 생각하는 그런 세무서 직원이?"

맞는 말이다. 어쩌면 사오와 대화가 잘 통할지도 모른다. 동생도 목욕탕에서 탐정사무소를 차리고 싶다고 말하는 물건이니까.

"상담 손님 올 때처럼 전화해주라. 세 번 말고 다섯 번 울린 다음 끊어줘."

"그리고 원래 하는 것처럼 카운터 안에 들어가는 거야?"

"그럼 안 돼, 얼굴이 안 보이잖아."

하긴 그건 그렇다.

"신호를 주면 좀 기다렸다가 밖에서 어슬렁거릴 거야. 그 사람이 나갈 때 보게."

사람을 좋아하지 않는 동생치고는 꽤 대담한 발언이긴 하다.

"근데 보통 저녁 시간에 와서." 나는 재차 확인했다. "꽤 늦게 오니까 올 때 이미 자고 있지 않을까?"

"쳇."

사오는 어깨를 으쓱했다. 호기심 때문에 사람을 향한 적대적 태도를 다소 누그러뜨린다 하더라도, 수면을 희생할 생각은 전혀 없는 듯하다.

"그럼 낮. 그 사람이 낮에 오면……."

"주말일 텐데 괜찮겠어?"

사람이 많은 주말에는 밖에 나가지 않는(말 그대로 한 걸음 도) 것이 사오의 기본 방침이지만, 내 말에 알겠다며 그 제안을 받아주겠다는 듯 당부한다. "그때 전화해. 알겠지?"

진짜 하려나 보네, 하고 생각하며 나는 알겠다고 답했다.

특별히 거절할 이유도 없을 뿐더러 미무라 씨가 일부러 쉬는 날에 오진 않겠지, 하고 쉽게 생각했던 것이다. 그런데…….

그로부터 며칠 후, 평일 오후에 미무라 씨가 평소와 다름
없는 캐주얼한 복장으로 목욕탕을 찾은 것이다.

"오늘은 대휴라서요."

내가 깜짝 놀란 얼굴을 했는지, 설명하듯 덧붙이며 요금
을 내고 남탕의 천막을 지나간다.

약속을 했으니 나는 동생에게 전화를 걸어서 시킨 대로
신호를 보냈다.

이윽고 미무라 씨가 평소와 다름없이 감사합니다, 하고
목욕을 마치고 나가자 나는 사오를 떠올리고 있었다. 정말
일부러 여기까지 나와서 미무라 씨의 얼굴을 봤을까.

이런 생각을 하고 있는데, 입구 쪽에서 "여기야, 여기."
하는 익숙한 목소리가 들렸다.

"괜찮아. 여기 있는 사람들, 아무도 안 잡아먹어."

그렇게 말하며 들어온 건 단골인 나가이 씨였는데, 놀랍게
도 반쯤 끌려오듯 사오가 뒤에서 따라오고 있는 게 아닌가.

"목욕탕은 그렇게 어려운 곳이 아니…… 어라?"

이쪽을 보고 내 표정을 알아차린 것 같다.

"이 아가씨가 입구 쪽을 왔다 갔다 하니까, 처음 온 거라
어려워하나 싶어서 같이 왔거든."

"동생이에요."

"어머나, 별로 안 닮았네." 그는 거침없이 말하고는 "정말 예쁘장한 아가씨네."라고 덧붙였다.

그 두 마디를 연달아 말하면 듣는 사람이 언짢을 거라는 생각이 들지 않는 걸까?

"아가씨, 언니 보러 온 거야?"

"아뇨, 그냥……."

"그럼 온 김에 목욕하고 가지 그래?"

나가이 씨는 반쯤은 농담이었는지도 모른다. 그런데 놀랍게도 "그럼 그렇게 할게요." 하고 사오가 응했던 것이다. 약간 망설이다가 마음을 먹은 것처럼.

그대로 나가이 씨를 따라서 탈의실로 들어가려고 해서 나는 황급히 비누와 수건을 건네주고는 놀라움에 그 모습을 한참이나 바라보았다.

나가이 씨의 성격으로 보아, 앞에서 어슬렁거리고 있는 사오를 '목욕탕이 처음이라 어려워하는 손님'이라고 착각해 데리고 온 것은 이해가 갔다. 사오의 평소 성격으로 보아, 그 착각을 정정하지 못한 채 여기까지 끌려온 것도 이해가 갔다.

그렇지만 내 여동생인 걸 나가이 씨가 안 다음에는 대충 인사를 하고 나갈 수도 있었을 것이다. 그랬을 텐데, 도대체 왜?

"거절하기 어려웠던 것도 있어."

저녁 식사를 마친 후, 차를 한 모금 마시며 사오는 그렇게 말했다.

"그리고 오랜만에 그런 느낌을 받았거든."

"어떤 느낌?"

"할머니들은 막 챙겨주시잖아. 잔소리 같아서 피곤하지만 친절하고, 근데 또 진이 빠지는 그런 느낌?"

나가이 씨를 평가하기에 걸맞은 말이지만, 그런 느낌을 또 언제…….

"후루세 아줌마, 기억나?" 사오는 갑자기 말했다. "좀 비슷해."

아, 그렇구나.

전에 우리 집에 왔던 가정부 아주머니다. 중학교 때 동생에게 요리와 청소의 노하우를 가르쳐준 사람.

나도 아주머니에게 종종 의지했지만, 나보다 나이가 어린 데다 어머니를 모르고 자란 사오에게는 그 단어에 가장 가까운 존재였는지도 모른다.

확실히 나가이 씨랑 약간 닮은 것 같기도 하다. 겉보기에는 푸근하고 친절하지만, 약간 억지스럽고 때로는 독설을 하는 면도 그랬다.

그런 나가이 씨가 목욕을 권유해서 그대로 따라간 건가.

"그래서 어땠어?"

사오에게 나는 평소보다 더 다정하게 물었다. 둘이서 욕탕에 들어간 적은 있지만, 영업 중에는 처음이었을 것이다.

그리고 생각해보면 우리 목욕탕뿐만 아니라, 다른 목욕탕이나 온천에 가는 것 자체가 사오에게는 처음일 게 분명했다. 가족여행을 가본 적도 없고, 중고등학교 때 수학여행도 가지 않았으니까.

"그게 말이지." 사오는 멍하니 눈을 굴렸다. "부드러운 장소 같아."

"부드러운 장소?"

"여자들만 있고, 다 옷을 안 입고 있잖아."

"그야 그렇지. 목욕탕이니까."

"할머니들이 많았지만 젊은 사람도 있고, 뜨거운 물에 몸을 담그거나 안에서 걸어다니기도 해. 그런 풍경에 희미하게 필터를 씌운 느낌이야. 타일 바닥은 살짝 차가운데, 물속은 따뜻하고."

"하긴 그런 느낌……."

"언니는 할머니들이 수다쟁이라고 하지만." 사오는 내 말을 막으며 계속했다. "옷을 갈아입을 때까지만 그런 거야. 목욕할 때는 안 그래. 물론 조금씩 말들은 하지만, 느긋하게 소소한 얘기만 하거든."

"조용한 게 좋았어?"

사오는 애매하게 고개를 끄덕였다.

"목소리뿐만 아니라 시선도 — 다들 맨몸이라 그런가. 다른 사람을 막 빤히 안 쳐다보거든. 어떤 욕탕에 들어갈지 고민하고 있으면 거기는 뜨겁다고 알려주는 딱 그 정도야. 기본적으로 혼자 생각에 빠지는 거지. 물에 몸을 담그니까 기분이 좋다든가 아니면 머리를 감아서 시원하다든가. 그런 마음들이 일렁이는 수증기에 떠다니니까 분위기가 부드러워. 습하다, 라고 하면 부정적으로 들릴 수도 있는데 그게 아니라, ……무슨 말 하는지 알 거 같아?"

답답해하는 말투 — '수수께끼'를 해명할 때의 명쾌하고 절제된 어조와는 너무도 다른 말투에 나는 사오의 말을 내 나름대로 받아들여보았다.

목욕탕이 '부드러운 장소'라면, 사오에게 세상 밖은 그보다 더 단단한 장소인 걸까.

나는 사오라는 사람 — 눈앞에 있는, 쭉 함께 살아온 동생을 지금까지와는 다른 눈으로 보려 했다. 그렇다기보다 사오가 돼서 사오의 입장에서 세상을 보려 했다.

아마 그 세상은 내가 알고 있는 그것보다 훨씬 메마른 장소일 것이다.

건조한 공기 너머로 다른 사람의 시선이 연신 꽂히는 그런 장소.

왜냐하면 나(사오)는 빼어나게 아름다운 소녀니까.

그것도 둥근 얼굴의 사랑스러운 미소녀 — 공공연하게 활보하고 다닐 법한 '미녀'가 아니라 아이처럼 앳되고, 체구마저 작다.

그렇다고 진짜 어리지도 않고, 보호해주는 부모도 없고, 사랑스러운 것은 얼굴뿐, 응석을 부리거나 누군가를 자기편으로 만드는 그런 일을 할 수 있는 성격도 아니다.

어쩌면 사쿠마 사오로서 살아간다는 건, 내가 생각하는 것 이상으로 황야를 걷는 듯한 하루하루인지도 모른다.

동생이 '탐정이 되고 싶다'고 말하는 이유나 독특한 옷차림을 하는 이유를 조금 알 것도 같았다. 논리로 마음을 무장하고, 갑옷 같은 코르셋이나 안전화 같은 부츠로 몸을 어떻게든 지켜내려는 건지도 모른다.

그것들을 벗고 맨몸으로 들어갈 수 있는 — 다른 사람들이 있더라도 안심하고 있을 수 있는 장소가 목욕탕이라면, 목욕탕이 있어서 참 다행이라고 생각했다. 사오를 위해서도. 다른 많은 사람을 위해서도.

"맞다, 아까 말했지. 단골 할머니들도 욕탕에서는 조용하다고."

"응."

"탈의실에서는 괜찮았어? 자꾸 이것저것 물어봐서 힘들지 않았어?"

내가 카운터에 처음 앉았을 때 약간의 질문 공세를 맞닥뜨리게 됐던 것을 떠올렸다.

"아니." 사오는 고개를 저었다. "할머니들끼리 이런저런 얘기는 했는데, 나한테는 아무 말도 안 했어."

"그랬어?"

나는 기뻤다. 단골 할머니 손님들 ─ 나가이 씨를 비롯해서 (모두 좋으신 분들이지만) 섬세한 배려가 부족한 분들도 마찬가지로 사오를 이해해준 것 같다.

이 아이는 그냥 혼자가 편한 아이라고, 멋지게 간파해주었다. 역시 연륜이 느껴진다.

"맞다." 나는 다시 물었다. "옷 벗을 때 나가이 씨는 옆에 있었어? 코르셋 보고 놀라지 않았어?"

"괜찮았어. 그냥 힐끗 보더니 젊은 사람들 사이엔 그런 브래지어가 유행이냐고만 물어보시던데."

이럴 때 세대 차이는 오히려 편리할지도 모른다.

"어쨌든 좋았다니 다행이다. 앞으로도 가끔 목욕하러 와."

하지만 사오는 다시 고개를 저으며 말했다.

"아니, 가끔 안 할 거야."

"응, 왜?"

"아깝잖아. 특별한 날에만 할 거야."

그 말을 들은 나는 또 흐뭇함을 느꼈지만, 한편으로 뭔가 잊고 있는 듯한 느낌을 받았다.

맞다, 미무라 씨. 오늘 이 사달을 만든 계기였다.

"그래서 아까 미무라 씨 얼굴은 봤어?"

"응."

"어땠어?"

"그냥 평범해."

그 말은 물론 외모에 관한 것만은 아닐 것이다.

"그 사람이 언니한테 난감하게 굴지 않으면 됐어."

사오는 전에도 들은 적이 있는 말을 했다.

그 의미가 궁금하긴 했지만, 이미 한참을 얘기했다. 더 이상 카운터를 맡겨둘 수도 없는 노릇이다.

목욕탕으로 돌아가기로 했는데, 사실 사오에게 그 질문을 하지 않은 또 다른 이유가 있었을지도 모른다.

물어보기가 망설여지는, 조금 두려운 듯한 그런 마음도 들었던 것이다.

월요일 오전, 나는 오랜만에 전철을 타고 지하철 환승역이기도 한 옆 동네를 찾았다.

큰 서점에서 업무 참고용 자료를 산 후, 밖으로 나가는데 인기척이 났다.

"사쿠마 씨?"

"네?"

"아, 맞네요."

밝은 목소리의 주인공은 변호사 사무소의 구라이시 씨였다.

심장박동이 빨라졌다. 체온도 0.5도쯤 올랐을지도 모른다. 그 이유를 한마디로 말하자면 —

구라이시 씨는 잘생겼고, 내가 좋아하는 스타일이다.

얼굴이 잘생겼지만 곱상하다기보다 어느 쪽인가 하면 차가워 보이는 외모다(하지만 보통 이런 사람이 웃으면, 웃는 모습이 치사할 정도로 멋진 법이다).

솔직히 고백하자면, 철이 들고 나서 내가 좋아하게 된, 주로 짝사랑을 한 남자들은 모두 외모가 출중한 사람들이었다. 돌아가신 삼촌을 '훤칠했다'고 좋아하던 손님들을 뭐라고 말할 자격이 내게는 없는 것이다.

"오랜만이네요. 지난번에는 감사했습니다." 구라이시 씨가 사무실에서 봤을 때보다 훨씬 편안한 말투로 인사를 건네고는 이렇게 말했다.

"이렇게 만났는데 근처에서 차라도 한잔 하실래요?"

"아……."

"목욕탕은 오후부터 영업이죠? 혹시 시간 괜찮으시면 잠깐 어떠세요?"

물론 거절할 이유도 없기에 앞장서는 구라이시 씨의 등을 보며 따라갔다. 전체적으로 마른 체격이지만 예상외로 등이 넓다.

그렇게 역 근처에 있는 고즈넉한 분위기의 찻집에서 커피를 사이에 두고 마주 앉게 됐다.

"요즘 어떻게 지내세요?"

"아, 목욕탕 일은 신경 써주신 덕분에 그럭저럭 잘되고 있어요."

"잘 적응하고 계시는 것 같아서 다행입니다." 구라이시 씨는 싹싹하게 말하고는 덧붙였다. "두 분이 어떻게 지내시나 마음이 쓰여서 가끔 생각했거든요. 그 후로 어떠신가 하고."

나는 당황했다. 우리를 생각하고 있다니. 물론 립서비스일 수도 있겠지만, 진심일 수도 있다.

"기술 번역 일도 계속하고 계시죠? 힘들진 않으세요?"

그렇게 묻자 나는 나도 모르게 말문이 턱 막혔다.

기뻤던 것이다.

오전에는 예전 회사에서 들어오는 자료 번역, 오후부터

밤까지는 목욕탕의 카운터.

카운터는 계속 바쁘진 않으니 책을 읽거나 휴대폰을 보며 시간을 때우는 일도 종종 있지만, 꽤나 긴장이 되기도 한다.

열심히 하고 있다는 나름의 자부심이 없는 것도 아니었지만, 그 점을 칭찬해주는 사람은 지금까지 아무도 없었다.

사오는 사오 나름대로 위로해주고 있다 — 집안일을 도맡아주고, 맛있는 밥을 해주는 것이 그 표현이라는 걸 알고는 있지만, 힘들지? 항상 고마워하며 말을 건네는 스타일은 아니다.

나는 기쁜 마음에 나도 모르게 양쪽 일을 병행하는 고단함을 토로했다. 그동안 쌓인 스트레스도 있었겠지만, 구라이시 씨가 이야기를 잘 들어주는 사람이기도 했다.

묵묵히 들으며 사이사이에 던지는 추임새와 적절한 질문에 거의 15분 동안(실제론 그 정도까지는 아니었을 것이다) 혼자서 말하고 말았다.

"아, 죄송해요. 너무 제 얘기만 했죠." 그랬다는 걸 깨닫고 고개를 숙였다. "구라이시 씨는 오늘 일 보시는 건 괜찮으세요?"

"오늘은 볼일이 있어서요. 이 근처에서 고객분 서류를 챙겨서 이제 사무실로 들어가면 됩니다."

그리고 그는 시계를 보았다. "별로 서두르는 건 아니지만 슬슬 나갈까요? 런치 타임인지 사람이 많아졌네요."

그 말을 듣고 나는 주위를 둘러보았다. 열두 시가 되려면 좀 남았지만, 일찍 나왔는지 누가 봐도 직장인 같은 손님들이 늘어 있었다.

그 사이에 미무라 씨의 얼굴이 있어 깜짝 놀랐지만, 생각해보면 세무서 근처라서 신기한 일은 아니다. 메뉴판을 열심히 쳐다보고 있는데, 나를 알아채진 않은 것처럼 보인다.

"그럼 다음에 또 봬요." 구라이시 씨가 말했다.

"네, 다음에 사무실에 갈 일이 있으면 봬요." 내가 그렇게 응하자 구라이시 씨가 답했다.

"아, 그게 아니라 따로 차라도 한잔 하지 않으실래요? 아니면 식사라도."

그 말에 내 기분이 좋지 않았을 거라고 생각하는 사람은 아마 없을 것이다.

들뜬 기분으로 구라이시 씨와 연락처를 교환하고 자리에서 일어났다.

그리고 미무라 씨가 앉은 자리를 지나다가 나는 살짝 뜨끔했다.

미무라 씨와 카페에서 만났을 때도 일어나면서 연락처를 교환했던 것이다. 혹시 의논할 게 있으면 언제든지 연락을 달라고 했다.

그 후에 내가 연락한 적도 없었고, 그쪽에서 연락한 적도 없었다.

게다가, 이제야 생각이 났다. 미무라 씨가 알려준 경비에 관해 구라이시 씨와 의논해보고 싶었는데, 까맣게 잊고 있었다.

그건 다음에 만나면 물어보지, 뭐. 지하철을 타는 구라이시 씨와 역에서 헤어지면서 나는 그렇게 생각했다.

하지만 정말 다음에 만난다면, 그때도 또 잊어버릴지도 모르겠다는 그런 기분도 들었다.

그날 밤, 오랜만에 미무라 씨가 목욕탕을 찾았다.

열 시가 지난 시간에 와서 평소처럼 '안녕하세요'라고 한 마디만 한 뒤, 요금을 내고 천막을 지나갔다.

목욕을 마치고 나갈 때도 평소처럼 '감사합니다'라고 한 마디만 했지만, 어딘가 평소와 달랐다 ─ 뭔가 어색해서 나도 덩달아 불편한 느낌이다.

예전에 사오가 종종 뒤뜰에서 만나는 글렌을 두고, 친하진 않지만 친구 같은 존재라고 말한 적이 있다. 그것과 비슷한 감각으로 나도 미무라 씨를 친구 같다고 여기고 있었을지도 모른다.

그런데 오늘은 어딘가 서먹서먹한 것 같다. 오전에 구라이시 씨랑 찻집에 있는 걸 봤기 때문일까?

만약 그렇다고 해도 특별히 어색할 것은 없다. 아마 없을 텐데.

의문을 품은 채 마감을 하고 퇴근한 후, 목욕탕에서 두르는 앞치마를 벗기도 전에 문자가 왔다.

발신인을 보니 미무라 씨다. 약간 긴장하면서 내용을 확인했다.

'죄송합니다. 손목시계를 두고 왔네요. 왼쪽 가운데 사물함으로 기억하는데, 다음에 갈 때까지 보관 부탁드릴 수 있을까요?'

아, 뭘 두고 가서 연락한 거구나. 나는 혼자서 고개를 끄덕이고, 샌들을 대충 신은 다음 목욕탕으로 넘어갔다.

뒷문을 지나 대기실로 들어가자 내 담당구역이라고 할 수 있는 공간임에도, 왠지 모르게 분위기가 이상했다.

마감을 한 직후여서 아직 두 사람이 정리하고 있을 텐데도 묘하게 고요했다.

남탕 탈의실에 들어서자 웬일인지 불이 꺼져 있다. 그렇다고 아주 깜깜하지는 않았다. 유리 미닫이문 너머로 욕탕에서 불빛이 들어오기 때문이다.

하지만 평상시의 불빛과는 다르다. 희미하다고 할까, 깜빡인다고 할까.

이런 비슷한 상황을 누가 얘기했던 것 같은데……. 맞다, 고지마 씨다. 목소리가 큰 단골 할아버지 손님. 지금의 나처럼 깜빡 놓고 간 손목시계를 가지러 왔었다.

미무라 씨의 시계를 금방 찾아낸 나는 앞치마 주머니에 시계를 집어넣고, 욕탕 쪽으로 걸어갔다.

유리 너머로 보이는 욕탕에는 낯선 연두색 불빛이 일렁이며 안쪽을 환하게 비추고 있었다.

타일의 벽화와 함께 사람의 형체도 보인다. 여자가 하나, 그리고 남자가 — 두, 둘?

희미하게 말소리가 들리자, 더 잘 듣기 위해 나는 미닫이에 손을 대고 당겼다.

평소보다 더 무겁게 느껴지는 건 아마도 내 손이 떨리기 때문일까.

아주 살짝만 열려고 했는데 확 열리고 말았다. 안으로 들어가려면 들어갈 수 있을 정도.

그래서 나는 들어가기로 했다. 글렌과 엘렌(실루엣으로 알 수 있다)은 이쪽으로 등을 보이고 있다. 그와 마주하고 있는 또 한 사람은 글렌의 넓은 등에 반쯤 가려져 있는 걸 보고 조심스레 움직였다.

벽에 등을 붙이고 몸을 최대한 밀착시킨 다음, 들어오자마자 어둠에 몸을 숨겼다.

　글렌이 평소처럼 나직한 목소리로 무언가 말하고, 거기에 엘렌이 몇 마디 보태는 것이 들려왔다.

　내용은 모르겠지만, 앞에 있는 누군가를 향해 뭔가 보고하는 듯한 모습이다.

　또 다른 목소리, 내가 모르는 목소리가 그에 응한다. 나이 든 남자의 약간 허스키하면서도 어딘가 또렷한 목소리.

　예전에 그런 목소리를 누군가 언급한 적이 있었다. 이번에도 고지마 씨다. 그리고 그때 그 목소리의 주인공이 누구였냐면…….

　나는 등을 벽에 붙인 채, 몸을 천천히 옆으로 움직였다.

　글렌의 등에 가려져 있던 또 다른 사람의 모습이 조금씩 보이기 시작하자 그와 동시에 모든 상황을 알 수 있었다.

　불빛은 천장의 형광등도 아니고, 손전등 같은 종류도 아닌 듯하다. 두 사람과 의문의 인물 사이에 존재하는 아무것도 없는 공간만이 희미하게 빛나고 있었다.

　마치 모닥불을 둘러싸고 있는 것처럼, 그 불빛을 사이에 두고 또 한 사람의 모습이 있다. 아니, 사람이라고 해도 되는 걸까.

　어쩌면 아닐지도 모른다.

　왜냐하면 그 모습이 연두색 빛을 띠는 건 아마도 그런 색의 빛이 반사되기 때문만은 아닌 것 같았으니까. 그 형체에서 희미한 빛이 흘러나오며 희미하게 깜빡거리는 것처럼 보였기 때문이다.

"잠깐만."

나는 입속으로 중얼거렸다.

보기에는 육십 대쯤 되어 보이는 남자. 체격은 평범하다. 셔츠와 바지는 짙은 갈색 아니면 모스그린 같기도 하다. 연두색 불빛 때문에 원래 색상은 알 수가 없다.

평상복 같기도 하고 작업복 같기도 한, 게다가 낡은 듯도 한 옷차림. 그게 초라하게 느껴지지 않는 건 원래 좋은 옷이기 때문일까 아니면 입은 사람의 이목구비가 수려하기 때문일까.

훤칠하다, 라는 말이 어울리는, 나로서는 그것뿐만 아니라 기억 속에 남아 있는 얼굴을 떠올리게 하는 이목구비.

기억 속의 얼굴보다는 얼굴이 길고 약간 거친 느낌이지만, 반듯한 눈썹이나 살짝 눈꼬리가 처진 큰 눈망울은 마치……

"아니, 잠깐 잠깐. 잠깐만."

이곳에서 도망치고 싶다는 마음과 더욱 자세히 보고 싶다는 마음이 내 안에서 충돌하더니, 후자가 이긴 듯하다.

나는 거의 자각도 하지 못한 채 옆으로 더 몸을 움직여

컴컴한 어둠 속에서 한 걸음을 내디디고 있었다. 갑자기 소리가 들려온 것은 그때였다.

"거기서 뭐해?"

어딘가 그리움이 느껴지는 눈망울이 또렷이 나를 향하고, 살짝 허스키한 목소리가 그렇게 물었다.

고지마 씨가 말한 우리 삼촌의 목소리.

기도 변호사님이 말한 '돌아가신 게 확실한' 삼촌의 목소리다.

"시즈코의 큰딸, 리오구나."

목소리는 계속해서 분명하게 내 이름을 말했다.

나는 무릎에 힘이 빠져, 그 자리에 털썩 주저앉을 뻔했다.

하지만 그렇게 되지는 않았다. 바위 같은 몸에 달린 다부진 팔이 내 몸을 지탱하고 있었으니까.

글렌은 살며시 부축했지만, 나는 거기에 매달릴 수가 없었다.

내 발로 이 자리에 서 있기 위해서는 다른 버팀목이 필요했다. 육체적으로 나보다 크지도, 튼튼하지도 않을지라도 의지가 될 버팀목이.

"동생분을 불러오는 게 어떨까요?"

엘렌이 평소처럼 부드러운 목소리로 내 마음을 정확하게 읽은 듯 말했고, 나는 고개를 끄덕이는 것조차 잊은 채

145

달려 나가고 있었다.

"사오, 일어나."

나는 침대에 몸을 기울여 동생의 어깨를 잡고 흔들었다.

"왜, 무슨 일인데?" 사오는 실눈을 뜨며 "불났어? 지진? 도둑?" 하고 묻는다.

"그런 거 아니야. 아무튼 일어나봐. 갈 데가 있어."

잠옷 위에 카디건을 덮어주고, 나는 사오의 손을 끌어 목욕탕에 데리고 갔다.

잠에 취해 눈을 껌벅거리는 동생에게 무슨 일이냐고 물어볼 정신이 없던 게 다행이었다. 아무래도 지금 목욕탕에서 일어나고 있는 일을 알아들을 수 있는 말로 설명하기 힘들 것 같았기 때문이다.

동생의 등을 뒤에서 밀며 남탕의 천막을 지나 욕탕으로 향했다. 사오는 입구에 들어서자마자 언니, 하고 중얼거리듯이 입을 열었다.

"아까 나 깨웠지?"

"응."

"그럼 이거 꿈 아니야?"

"응, 아니야."

욕탕 안쪽에서 환상 속 모닥불처럼 일렁이는 불빛, 그 옆에 서 있는 세 사람의 형체가 하나같이 이쪽을 바라보고 있다. 미나카타 글렌과 엘렌, 그리고……

희미한 빛이 흘러나오는 형체가 사오의 얼굴을 찬찬히 바라보며 목소리를 냈고, 나는 그 말뜻을 알 수 있었다.

"많이 닮았구나."

엄마를 두고 하는 말이다.

"가까이 와보렴."

삼촌은(그렇게 부르겠다) 사오의 얼굴을 바라보며 가만히 손짓했다.

"이쪽으로 오세요." 엘렌이 말했다. "삼촌께서는 이 빛에서 멀리 떨어지실 수 없거든요."

사오는 아주 잠깐 망설이더니, 이내 주저하지 않는 발걸음으로 그쪽을 향해 다가갔다.

나도 그 뒤를 따른다 ― 사오를 지키기 위해서인지 사오의 뒤에서 보호를 받기 위해서인지 잘은 모르겠지만.

우리가 멈춰 서자, 삼촌은 천천히 고개를 끄덕이고는 입을 열었다.

"사오구나."

"네."

사오가 말하자 나는 대단하다는 생각이 들었다.

아까 삼촌이 말을 걸었을 때 나는 아무 말도 하지 못했는데, 사오는 제대로 의사소통을 하고 있다.

"시즈코를 많이 닮았구나. 직접 봤던 건 두 살 때가 마지막이지만."

"그렇군요."

"시즈코가 아직 아기일 때 어머니가 요양원에 들어갔어."

삼촌은 사오와 내 얼굴을 차례차례 바라보며 설명하듯 말하기 시작했다.

"이미 난 학교를 다니고 있었는데, 아직 갓난아기였던 시즈코를 돌볼 엄두가 나지 않았던 아버지는 어쩔 수 없이 근처에 살던 자식이 없는 부부에게 시즈코를 맡기기로 했지. 어머니가 긴 투병 생활을 마치고 겨우 집에 돌아왔을 무렵엔, 두 살이 된 시즈코는 그 사람들을 잘 따르게 됐고 부부도 정이 많이 들었던 거야. 워낙 사랑스러운 아이였으니까. 입양을 원한다는 부탁을 거절할 수 없었다고 했어. 본인들이 필요할 때 아이를 돌봐줬는데, 이제 다 됐으니 돌려달라고 할 수 없었던 거지. 어쨌든 한동네에 사니까 왕래도 가능하고, 그런 생각에 승낙했지만 이윽고 부부는 자취를 감췄어. 주위에 아무런 말 없이 갑자기 이사를 가버렸지. 아무래도 아이를 돌려달라고 할까봐 걱정했던 것 같아. 불쌍한 어머니는 크게 상심하셨어. 아버지는 또 딸을 바라셨던 것 같지만, 결국 아이가 생기진 않았지. 그로부터 5, 6년 정도 후에 성장한 시즈코의 사진들 — 강하고 행복해 보이는 사진이 우편으로 배달됐어. 편지나 메모, 보낸 사람 이름도 없었고, 소인은 도쿄였어. 심지어 도심 한복판이라 실제로 살 만한 동네는 아닐 것 같은 위치였지. 아무래도 찾긴 힘들 것 같았는지 부모님은 끝내 포기하셨지만."

슬픈 사연이다. 어떻게 맞장구를 쳐야 할지 난감해하는데 역시, 라고 해야 할지 사오는 얼굴색 하나 바꾸지 않고 반응한다.

"그렇군요."

"내가 동생과 그 후로 교류가 없이, 행방을 찾아달라고 기도 씨에게 부탁한 후에도 많은 시간이 걸렸던 건 그런 이유였어. 결국 시즈코가 이미 죽은 걸 알고 그 딸, 내게는 조카인 너희를 찾아달라고 의뢰했지. 그러기로 하자마자 면목 없게도 내가 사다리에서 떨어져 죽고 말았던 거야."

이번에는 사오도 잠자코 있었다. 아무래도 그렇군요, 라고 대꾸할 수는 없었던 모양이다.

"그랬던 내가 어째서 이렇게……."

삼촌이 자신의 몸 — 희미하게 일렁이는 전신을 내려다보듯 손짓하며 말을 이었다.

"욕탕 타일 위에서 형상을 드러내고 있는가 하면, 이 '행

운 목욕탕'은 단순한 목욕탕이 아니라 — 특별한 장소이기
때문이야."

어떻게 특별하다는 거지? 나는 마른침을 삼켰고, 사오도
같은 심정이었을 거라고 생각한다.

"그 설명은 나보다 엘렌이 더 잘해줄 테니까."

삼촌은 한 손으로 엘렌을 가리키며 부탁하지, 라는 듯한
눈빛을 보냈다.

"알겠습니다. 그럼 제가 말씀드리죠."

5

먼 옛날 아득한 은하에…….

미나카타 엘렌의 이야기가 가령 그런 도입부로 시작했
더라면 위화감 없이 경청할 수 있었을 것이다.

하지만 그게 아니라, 판타지의 세계에서나 일어날 법한
일들이 21세기 지구에서 일어나고 있다는 것이다. 많은 나
라들, 그리고 이곳에서도.

태고의 시간을 거슬러 올라가, 멀리서 온 초월자라고 불
리는 존재가 인간의 지각이 미치지 못하는 차원에서 전투
를 벌이며, 그 귀추는 우리 세계에 큰 영향을 주고 있다고
한다.

"간단히 말하자면 '질서를 지키려는 자'와 '질서를 어지
럽히려는 자'의 싸움인데, 여기서 말하는 질서란 법률이나

이른바 전통적인 가치관이 아닙니다."

엘렌은 평소의 조리 있는 말투로 설명을 이어갔다.

"물이 높은 곳에서 낮은 곳으로 흐르는 것처럼 근본적인 세상의 이치를 말하죠. 이른바 전통적인 가치관에서는, 그걸 기반으로 자연스럽게 생겨난 경우도 존재하는 반면에 누군가가 무리하게 만들어낸 질서가 강압이나 타성에 의해 그대로 남아 있는 경우도 많습니다. 사회의 관습이 언제나 합당한 것은 아니고, 반대로 새로운 게 더 뛰어나다고 볼 수도 없어요. 그런 가치관 이전에 존재하는 질서를 어지럽히는, 아니 파괴해서 혼돈의 문을 열고 세상에 혼란을 불러일으키는 것이 '그들'의 야망입니다. 어떻게든 그것만은 막아야 해요."

조리 있는 그 말투에 얼핏 설득력이 느껴지지만, 지나치게 추상적이라 무슨 말인지 도무지 알 수가 없다.

"그렇게 되면 어떤 일이 일어나죠?" 나는 무심코 질문을 던졌다. "물이 갑자기 낮은 데서 높은 곳으로 흐르기라도 하는 건가요?"

"그런 현상이 실제로 일어나는 건 아니지만, 일부 사람들에게는 그렇게 보이게 될 겁니다. 그 사람들이 하나같이 물이 거꾸로 흐른다고 주장하고 그 주장하는 목소리가 점점 커지면, 말은 그 의미를 잃을 거예요. 대화하거나 스스로 사고하는 것도 어려워지고 길을 걷는 것조차 힘들어지겠죠. 그런 사태를 막고자 ― 그들이 야기할 혼란을 막기 위해서 저희들이 실시하고 있는 작전이 바로 '불의 그물'입니다. 지구상의 여러 지점에서 '그들'의 침입을 막아내는 힘을 지닌 '특별한 불'을 피우는 거죠. 모든 불이 계속 타오를 필요는 없습니다. 어딘가의 불이 꺼지면 다른 어딘가에서 켜져서 전체적으로 강도가 유지되도록 만들어진 그물로 온 지구를 감싸는 거죠. 그에 따른 화력과 지속시간이 필요하기 때문에 들판이나 가정집의 부엌이 아니라 업무적으로 불을 이용하는 곳 ― 큰 공장 같은 곳보다 비교적 규모가 작은 공방이나 가게들이 그 대상이 됩니다. 요업이나 금속 가공, 요리 등 전통적인 업장의 불을 사용하는 것이 여러 면에서 적합하기 때문에 그런 장소에 초월자들의 창조물……."

엘렌은 말을 끊더니 옆에 있는 글렌과 눈빛을 교환했다.

"여러분이 흔히 말하는 정령, 마물 등으로 불리는 자들이 직원으로 투입돼 업무용 화로의 불과 함께 작전을 위한 특별한 불도 지피게 됩니다. 고용주의 허가를 받거나 받지 않는 경우도 있는데, 나중에 큰 문제는 되지 않습니다. 해로운 연기가 나오는 것도 아니고, 어쨌든 목적은 세계 질서……."

"잠시만요." 나는 말을 끊었다. 너무도 갑작스러운 엘렌의 이야기를 머리가 받아들이는 데는 시간이 걸린다.

"규모가 작은 가게라는 게 혹시⋯⋯?"

"일본에서는 목욕탕이 딱 적당하거든요." 엘렌은 태연하게 계속했다. "지금 전국에 있는 4개의 목욕탕이 작전에 참여하고 있습니다."

"여기가 그중 하나고요?" 나는 망연자실하여 재차 물었다. "그럼 아까 말한 정령이나 마물이라는 게⋯⋯."

"오빠랑 제가 그에 해당하죠."

엘렌은 더욱 태연하게 말했고, 곁에 있던 글렌도 딱 벌어진 어깨 위로 머리를 끄덕였다.

"아니, 그게 대체 무슨⋯⋯."

나는 아무 의미도 없는 말만 중얼거리고 있었다. 그때⋯⋯.

"아, 그런 거였구나."

사오가 옆에서 입을 열었다. 크게 동요하는 것 같지는 않은 듯한, 오히려 평소와 다름없는 말투다.

"그런 게 아닐까 했거든."

"아니, 잠깐만. 예전부터 짐작하고 있었다는 거야?"

"완벽하게는 아니야. 이런 걸 생각해낼 리가 없지. 초월자나 세계 질서라니." 사오는 입을 뾰족이 내밀며 나무랐다.

"근데 처음부터 두 사람이 사람처럼 안 느껴진다고 말했었잖아."

사오는 분명히 그렇게 말했고, 나도 알 것 같다며 동의하기도 했다. 하지만 그건 어디까지나 비유에 불과했지, 설마 이런 뜻이리라고는.

사오가 엘렌을 돌아보며 물었다. "그럼 당신들이 인간이 아니라면……."

"네, 말씀하시죠."

"역시 비스코가 주식이야?"

그걸 지금 물어본다고? 이 상황에서? 그러자 엘렌은 진지한 얼굴로 답했다.

"이건 임시로 사용 중인 육체입니다. 생명 활동의 유지는 비교적 간단하기 때문에 일부 과자들로 충분한 에너지를 얻을 수 있습니다. 비스코 외에도 몇 가지 더 있죠."

뭔가 더 말하려는 사오(분명히 다른 과자가 뭔지 물어보려고 했을 것이다)를 말리며 나는 물었다.

"그럼 두 분의 인건비가 아주 적은 것도 관련이 있는 건가요?"

"그렇다고 볼 수 있겠죠. 어쨌든 생명 활동 유지에 비용이 많이 들어가지 않으니까."

"수도 요금이나 연료비도 다른 목욕탕과 비교해서……."

"아, 그건 저희가 불과 물을 다루는 능력을 가지고 있기 때문입니다. 그 힘을 활용해서 보다 효율적으로 운영할 수 있는 셈이죠."

연료비에 비해 높은 화력, 수도 요금에 비해 풍부한 물을 얻을 수 있다는 말인 것 같다.

'행운 목욕탕'의 경비는 장부의 속임수가 있는 것도 아니고, 누가 직접 충당하고 있는 것도 아니고, 직원이 마물이기 때문에 절약할 수 있었다는 것이다.

머리가 어질어질하다. 그런 일이 세상에 존재하는 걸까.

나는 시선을 엘렌에게서 욕탕의 안쪽 — 벽화 앞에서 희미한 빛을 발하고 있는 형체로 옮겼다.

"이 이야기를 삼촌은 전부 알고 계신 거죠?"

마음을 굳게 먹고 질문했다. 마물보다는 그래도 영혼(이겠지 싶은)과 더 말이 통할 것 같았다. 뭐니 뭐니 해도 엄마의 형제고.

"맞아."

삼촌은 근사한 얼굴로 온화한 표정을 지으며 고개를 끄덕였다.

"예전부터요? 그러니까, 그게……."

나는 말문이 막혔다. '살아 계셨을 때'라는 말을 하기가 조심스러웠다.

"그렇지." 삼촌은 또 고개를 끄덕였다. "여기를 물려받고 몇 년 후에 요청을 받았어. 엘렌이 말한 '초월자'가 왔거든. 꿈속에, 아니 그냥 꿈이라고 생각했어. 누가 협조를 요청해서 수락했더니 두 사람이 찾아갈 거라고 했는데, 깜짝 놀랐지. 다음 날 아침에 정말 이 두 사람이 찾아왔으니까."

"중앙아메리카의 불이 하나 꺼져서 '초월자'들이 그 대신 동아시아의 불을 하나 더 늘리기로 하고, 조건을 충족하는 곳을 찾다가 이곳을 발견했습니다. 삼촌분의 동의를 얻어 이곳이 정식으로 작전 거점이 됐고, 오빠와 저는 삼촌분의 수족이 됐죠."

"수족?"

"내 명령은 무엇이든 따르고, 언제나 나를 지켜주겠다는 거야. 참고로 너희가 이 목욕탕을 상속받을 때, 이 두 사람도 같이 따라왔어. 지금은 너희의 수족이고, 너희의 명령을 따르지. 창조주인 초월자들에게 거역하는 것은 불가능하지만, 스스로 망가뜨릴 수는 있어. 너희가 죽으라고 하면 죽게 될 거야."

아니, 갑자기 무슨 소리를…….

전혀 믿을 수 없고 상식적으로 있을 수 없는 일들뿐이지만, 그래도 나름의 논리가 있으니 '대충 파악은 됐다'고 하는 게 맞으려나.

나의 의문도 어느 정도 해소가 ― 아니지, 큰 의문이 그대로 남아 있었다.

"삼촌은 뭐죠? 그러니까 지금 이렇게……."

아, 하고 삼촌은 눈썹을 치켜들며 답했다. "그냥 덤이야."

"덤이요?"

"엘렌이 하는 얘길 들었잖니. 전 세계에서 선악이 전투를 벌이고 있는 판국인데, 그에 비하면 나 하나 이렇게 나오든 말든 무슨 상관이겠어."

"'특별한 불'에선 해로운 연기가 나오지 않는다고 말씀드렸는데, 부차적으로 나타나는 작은 효과가 있어요."

엘렌은 공중에 떠 있는 불빛 쪽을 자신의 손으로 가리키며 말했다.

"불의 일부를 이렇게 물 근처로 가져오면 죽은 사람을 불러낼 수 있죠. 계속 가능한 건 아니고 불이 꺼지기 전까지 한 시간 정도, 또 누구든 가능한 게 아니라 물리적으로 가까운 곳 — 같은 부지 내에서 비교적 최근에 돌아가신 분만 불러낼 수 있습니다."

"맞아. 처음에는 예전 사장님을 불러낼 수 있었거든." 삼촌이 덧붙였다. "먼저 계셨던 에미 씨라는 여자 사장님이야. 연륜도 있고, 현명한 분이셨거든. 조언을 구하려고 글렌한테 종종 불러달라고 했어. 목욕탕 일로 고민이 있거나 손님들의 수수께끼를 해결하기 어려울 때였지. 나중에는 뵙기 어려웠지만 말이야."

계속 남아 있던 또 한 가지 궁금증이 해결되었다. 할머니 손님들이 생전의 삼촌을 두고 하던 말 — '이 동네 사람이 아닌데 옛날 일을 알고 있더라'는 그런 사연이었던 것이다.

"나는 그렇게 훌륭한 경영자가 아니었으니." 삼촌은 희미하게 빛나는 어깨를 움츠리며 계속했다. "사실 해줄 수 있는 조언이랄 것도 없지만, 글렌과 엘렌이 내 체면을 생각해서 가끔 불러내주거든."

입술의 한쪽 끝이 살짝 올라간다 — 아마 이게 삼촌의 미소, 살아 계셨을 때의 버릇일 것이다.

"정기휴일 전날, 월요일 밤에 이런저런 일을 보고하거나 의논을 드리고 있습니다. 어쨌든 저희들이 인간 세상에서 목욕탕 일을 하는 데 있어서 스나다 씨는 의지가 되는 존재니까요."

평상시와 다름없는 엘렌의 담담한 말투에 아주 약간이지만, 감정에 가까운 무언가가 느껴졌다. 곁에 있는 글렌도 열심히 고개를 끄덕인다.

마물, 정령이 나름대로 삼촌을 따르고 있었다는(있다는) 걸까.

"괜찮으시다면 다음부터 두 분도 함께하는 건 어떠실까요. 목욕탕 경영에 관한 조언이 아니더라도 삼촌과 이런저런 이야기를 나눌 수 있으니까요."

엘렌의 말에 우리는 눈을 마주쳤다.

그날 이후로 잠 못 이루는 밤과 골머리를 앓는 나날을 (적어도 나는) 보낸 결과, 사오와 나는 지금의 생활을 받아들이기로 했다.

직원이 마물인 이 목욕탕을 받아들이고, 유령인 삼촌의 존재를 받아들인 것이다.

그럴 수밖에 없었다. 이미 이곳 — 목욕탕과 그 뒤편에 있는 집이 우리의 생활 터전이었고, 비록 형체뿐이긴 하지만 삼촌은 우리가 만날 수 있는 단 하나의 핏줄이기 때문이었다.

또 삼촌도 우리가 그렇게 하기를, 목욕탕 일을 계속하기를 바란다는 걸 알았기 때문에 두 사람의 창조주인 '초월자'의 뜻을 받들어 세계의 질서를 유지하고자 결심한 것이다.

엘렌이 설명한 질서라는 건 솔직히 잘 모르겠다. 그걸 '지키려는 편'에 서는 것이 정말 옳은 일인지 아닌지…….

그러나 삼촌에 대한 믿음이 있었고, 사오의 의견도 크게 작용했다.

"예를 들어 질서라는 게 우리 목욕탕 비슷한 거라면 그걸 지키는 게 맞지. 입구에서 요금을 내고, 남녀가 같이 있

거나 아니면 따로 나누어져 있는 곳, 습한 곳과 건조한 곳이
있고, 커다란 체중계나 사물함이 있고 말이야."

그냥 떠오른 생각 같기도 하지만, 의외로 납득이 가는 구
석도 있었다.

전반적으로 동생은 빠르게 적응했다. 인간이 아닌 게 분
명한 글렌과 엘렌에게 스스럼없이 욕탕 청소하는 걸 보여
달라고 부탁해서 실제로 구경을 가기도 했다.

"장난 아니었어." 그러곤 집에 돌아오더니 신나서 소감
을 말했다.

"엘렌 손바닥에서 물이 나온다? 엄청 세게 나오는데, 채
찍처럼 휘둘러서 물때를 싹 없애."

"아, 진짜?"

나는 컴퓨터로 향하며 대꾸했는데, 내심 좀 아쉬웠다 ㅡ
사실 나도 약간 보고 싶었다. 약간이 아니라 꽤 많이.

하지만 그때 급한 업무가 생기는 바람에 나중에 다시 보
여달라는 부탁을 하기도 뭐해서 끝내 구경하지 못했던 것
이다.

그 이후로도 나는 평소와 다름없는 나날을 보내고 있었
다. 오전에는 집에서 번역을 하고, 오후에는 목욕탕에 출근
해 두 사람과 인사를 나누고 카운터에서 손님을 맞이한다.

정기휴일 전날인 월요일에는 삼촌에게 하는 '정례 보고'

에 함께 참석하기 시작했다.

늦은 저녁, 마지막 손님이 떠난 다음 카운터를 대충 정리하고, 엘렌과 함께 남탕의 천막을 지나 탈의실에서 욕탕으로 넘어간다(덧붙여서 예전 오너였던 할머니를 불러냈을 때는 여탕이었다고 한다. 더 이상 직원이 아니기 때문이고, 같은 이유로 삼촌도 반드시 남탕에 나타난다. 그게 '목욕탕의 법칙'이라고 한다).

둘이서 기다리고 있으면 글렌이 보일러실에서 '특별한 불'의 일부를 가지고 온다. 양손으로 감싸서 반딧불을 놓아주듯 공중에 살짝 내려둔다.

허공에 뜬 '불'은 처음엔 창백하게 비추며 거칠게 일렁인다. 그러곤 주변의 습기를 흡수하는지 살며시 초록빛을 띠며 잔잔해지고 얼마 후에 삼촌이 모습을 드러낸다.

불 저편에 희미한 빛의 형상이 보이고, 그것이 점차 사람의 모습으로 변하는 것이다.

"안녕."

뚜렷하게 형체가 나타나는 얼굴에 입술 한쪽 끝을 올린 미소가 떠오른다.

처음에는 사오도 함께 왔지만, 그다음부터는 나 혼자 왔다. 삼촌도 그렇게 하라고 했다 — 동생이 너무 졸려 보였기 때문이다.

삼촌과 대화하는 걸 싫어하는 것도 아니고, 유령을 무서

위하는 것도 아니다. 오히려 살아 있는 인간이 더 대하기 어렵다고 말하는 동생이지만, 일찍 자고 일찍 일어나는 습관을 바꿀 생각은 없어 보인다.

"사오는 어쩔 수 없지." 삼촌이 나에게 말했다.

욕탕에는 우리 둘뿐이다 — 삼촌과 여러 번 만나고 나서 내가 익숙해지자 글렌과 엘렌은 도중에 자리를 비켜주기 시작했다. 가족끼리 할 이야기가 있을 거라고 나름대로 신경을 써주는 것 같다.

"가끔은 얼굴을 보여줬으면 싶지만, 사람마다 일찍 일어나는 게 편하기도 하고, 다 다르지."

삼촌은 사오를 받아주는 듯하면서도, 불만스러우나 그런 점이 귀엽다는 말투로 말했다.

아빠도 그랬지, 라고 나는 생각했다. 우리를 예뻐했지만, 사오는 종종 공주처럼 대하곤 했다.

나와는 친구라고 할까, 동료처럼 지냈던 면이 있어서 그건 그것대로 특권이었다고 생각하지만.

물론 내가 더 나이가 많았던 탓도 있었을 것이다. 하지만 아마 그게 아니더라도, 사오는 공주고 나는 친구인 것이다. 우리를 키워주신 아버지에게도, 돌아가신 후에 처음 만난 삼촌에게도.

아마 사오가 어머니를 많이 닮았으니까. 자신들이 정말

좋아했던, 그리고 지금은 만날 수 없는 사람을 떠올리게 하니까.

그렇게 본다면 나도 다르지 않지만 말이다.

더 단순하게 표현할 수도 있다. 사오는 미소녀고 나는 아주 평범하다는, 외모에 대한 평가가 될 수도 있을 것이다.

이런 얘기를 우연찮게 삼촌에게 털어놓기도 했다. 물론 삼촌이 사오를 편애한다고 말한 것이 아니라 동생이나 어머니처럼 예쁘지 않은 나에 대한 콤플렉스 얘기였다.

설마 얼마 전까지 존재도 알지 못했고, 처음 만났을 때 영혼이었던 삼촌에게 그런 말을 하게 될 줄은 몰랐지만.

"뭐, 여자는 너무 예쁘면 또 고생이지."

이것이 나의 고백에 대한 삼촌의 대답이었다.

"돈하고 똑같아. 너무 없는 것도 서글프지만, 리오는 그런대로 예쁘장하잖니."

"그런가요?"

"그렇다니까."

삼촌은 잠시 잠자코 있다가 빈말이 아니라고 덧붙였다.

진심이라고 믿고 싶은 마음이다. '그런대로' 예쁘다는 것도 빈말이라면 꽤나 쓸쓸할 것 같았다.

"예쁜 여자는 젊었을 때 많이 봤어. 물장사하고 연이 있었거든."

"정말요?"

"그랬지. 고등학생 때부터 찻집 아르바이트를 했고, 그 후에는 술집에서 일했어. 여자들이 없는 가게에도 있었고, 있는 가게에서도 일했었지."

단골 할머님들 사이에서 수수께끼로 여겨지는 삼촌의 과거는 '형사'나 '스파이'와 많이 차이가 났던 모양이다.

"그래서 말이야. 아까도 말했지만, 예쁜 여자는 재산이 있는 것과 같거든. 주변 환경이 좋거나 본인에게 재주가 있으면 그 덕분에 행복할 수 있어. 아니면 오히려 해가 되는 법이야. 이상한 남자들이 꼬이거든. 그런 걸 자주 보다 보니 덕분에 눈이 생긴 거야. 자랑은 아니지만, 한눈에 알거든. 남자들이 그냥 좋아서가 아니라 뭔가 꿍꿍이가 있어서 여자한테 다가갈 때 말이야."

"아, 정말요?"

나는 또 그렇게 대꾸했지만 나와는 관계없는 이야기라는 생각이 들었다 — 누가 일부러 접근할 만한 미모도 아닐 뿐더러 실제 재산도 없는 편이었으니까.

그런 식으로 어느새 삼촌과는 마음을 터놓고 이야기를 나누게 되었다. 한밤중의 목욕탕에서 글렌과 엘렌이 잠시 모습을 감춘 뒤, 적당한 타이밍에 돌아와 연두색 불빛과 함께 어둠에 녹아가는 삼촌의 모습을 배웅할 때까지.

삼촌이 자신의 죽음에 대해 한심하다는 듯 어깨를 으쓱하며 털어놓은 건 그렇게 둘이서 대화를 나누던 어느 날의 일이었다.

"무슨 정신이었는지 그날은 아주 실수를 했지."

"듣기로는 사다리에서 떨어지셨다고⋯⋯."

"맞아. 근데 사연이 있어." 삼촌은 집게손가락을 세워서 입술에 댔다. "엘렌하고 글렌한테는 비밀이야."

"비밀이요?"

"그 둘은 이해할 수 없을 거야. 정령인지 마물인지, 아무튼 나뭇가지였나 그런 데서 태어났다니까."

그 '사연'은 고등학교 시절까지 거슬러 올라간다고 했다.

삼촌이 다니는 고등학교에 20대 후반의 여자 선생님이 있었다. 수수한 옷차림에 깔끔하게 머리를 묶고 안경을 쓴 모습은 '남학생들의 이상'과는 차이가 있었지만, 자세히 보면 이목구비가 또렷한 편이었고 이성에 일찍 눈을 뜬 삼촌은 그걸 눈치 챘다고 한다.

여름방학이었던 어느 날, 삼촌이 아르바이트를 하던 찻집에 그 선생님이 손님으로 왔다. 동년배의 남자와 마주 앉아 작은 상자를 건네받고 있었다. 외국을 다녀오면서 사온 선물 같았는데, 아마 출장일 것이다. 많은 사람이 선뜻 해외여행을 할 수 있는 시대가 아니었으니까.

푸른 바탕에 은색, 검은색 줄무늬가 들어간 고급스러운 케이스였다. 선생님은 기쁜 듯이 환한 미소를 지었고, 두 사람의 대화에서 그것이 향수라는 걸 알게 됐다.

며칠 후 저녁, 이번에는 그 선생님과 길거리에서 우연히 스쳐 지나갔다.

학교에서 볼 때와 다름없는 옷차림인데도 다른 사람처럼 보였다. 블라우스 옷깃의 단추를 하나 더 풀고, 안경은 그대로지만 풀어서 늘어뜨린 머리칼이 밤바람에 흩날리는 것만으로도 분위기가 달랐던 것이다.

선생님이 스쳐 지나가자 학교에선 뿌리지 않는 향수 냄새가 풍겼다.

그걸 알았을 때 숨이 턱 막힐 정도로 두근거렸고, 그때부터 선생님을 제대로 쳐다볼 수 없었다.

선생님을 좋아했지만, 그렇다고 해도 다른 방법이 없다는 건 알고 있었다.

"알고 있었지. 선생님이 나를 위해 향수를 뿌리는 일은 없을 거라고."

그렇게 고등학교를 졸업하고 선생님을 또 보게 되는 일은 없었지만, 성인이 된 후에 가끔씩 스쳐 지나가는 사람에게서 똑같은 향기가 나면 그때마다 마음이 아렸다.

"그 변호사 선생은 딱 듣더니 어디어디 브랜드의 땡땡땡

이죠, 하더라고. 케이스 모양만 듣고도 알았다나봐."

앞의 어디어디는 브랜드명, 뒤의 땡땡땡은 향수 이름일 것이다.

"변호사님이랑 그런 얘기를 하셨어요?"

"그분이 향수를, 살짝 향이 비슷한데 다른 걸 뿌리고 있길래. 그래서 생각난 거야."

그러고 보니 기도 변호사님도 '안경 때문에 수수해 보이는' 여성 중 하나다. 자세히 보면 미인이고, 삼촌이 좋아하는 스타일일지도 모르겠다.

"향기라는 건 그만큼 사람의 마음속에 남아서 기억을 더 생생하게 만드는 법이지." 영혼인 삼촌은 나를 보며 계속 말했다. "뜻하지 않게 그 향을 맡으면 갑자기 기억이 되살아나는데, 그건 사실 자기가 기억 속으로 끌려들어가는 거야. 억지로 팔이 잡혀서 말이야. 난 그렇게 생각해."

삼촌은 잠시 말을 멈추었다.

"그래서였어. 내가 사다리에서 떨어졌을 때 말이지." 삼촌은 이내 원래 하려던 이야기로 되돌아갔다.

"아침에 평소처럼 애들이 오기 전에 주변을 청소하고 건물을 올려다봤더니 큰 지붕 끝에 웬 하얀 천 조각이 걸려 있었어. 이 언덕 주변은 원래 바람이 지나가는 길목이기도 한데, 글렌이 불을 피우기 시작하면서부터는 아침저녁으로

요상한 바람이 불거든. 바람 따라 날아왔나 싶어서 사다리를 놓고 올라가서 손을 뻗었지. 딱 그때, 그 향기를 맡은 거야. 그래서 균형을 잃었어. 내 느낌으로는 누가 확 당기는 것 같았지."

"팔을 잡고 기억 속으로요."

"맞아. 길거리였으면 가다가 잠깐 멈추고 말았겠지만, 사다리였으니까 그렇게 돼버린 거지."

삼촌의 죽음은 그러한 경위였다고 한다.

현장 상황을 보고 경찰이 추측한 것을 목숨을 달리한 본인이 뒷받침한 셈이다. 단 향수 냄새는 좀 다르지만.

"이런 소리를 하면 사람들이 우연이라고 할 거야. 마침 근처에 있던 누군가가 똑같은 향수를 뿌리고 있었겠느냐, 하면서 말이지. 하지만 내가 보기엔 단순한 우연이 아니라 엄청난 우연이야. 요즘은 유행하지 않는지 지나가면서도 거의 맡아볼 일이 없는 향수거든. 그래서 이렇게도 생각했지. 그냥 상상이지만, 그 향기는 선생님이 아니었을까 해. 그때 선생님이 거기에 있었던 거지 ― 이 목욕탕 앞까지 나를 만나러 온 게 아니었나 싶어."

나는 끼어들지 않을 수 없었다. "하지만 고등학교 때 선생님이 삼촌이 여기에 계신 걸 어떻게 알고⋯⋯."

"물론 그럴 일은 없겠지. 그러니까 상상인 거야. 근데 또 근처에 지나가는 건 강아지를 산책시킨다고 오는 동네 주민 정도일 텐데, 그런 사람이 향수를 뿌리고 있다는 것도 희한하니까. 그렇다면 다른 가능성도 영 말이 안 되는 건 아니겠지. 뭐, 로망 같은 거야. 죽은 양반한테도 그런 상상을 하는 즐거움은 있어야지."

물론 그것을 부정할 생각은 없지만······.

단 한 가지, 이것만은 말해두고 싶었다.

"선생님이든 누구든, 근처에 지나간 사람이 있었다면 사다리에서 떨어진 삼촌을 봤겠죠?"

"그렇지."

삼촌은 고개를 끄덕였다. 이미 생각해본 적이 있다는 표정이다.

"그럼 구급차를 부르거나 뭐든 했겠죠. 요즘은 어르신이라도 폴더로 된 휴대폰 정도는 갖고 있을 테고."

기도 변호사님의 설명 그리고 나중에 보내준 서류에 따르면 삼촌은 사다리에서 떨어져 즉사한 것으로 보이며, 그로부터 1시간 이상 흐른 후 선약으로 방문한 기도 변호사님이 직접 발견했다고 한다.

따라서 현장을 지나가던 사람이 있었다면, 쓰러진 삼촌을 보고 아무것도 하지 않고 떠났다는 말이 된다. 떨어지는 순간을 보지 않았더라도 사다리나 그 상황을 보면 심각하다는 건 금방 알 수 있었을 것이다.

"뭐, 산책 나온 사람이면 그렇게 근처까지는 안 왔겠지." 삼촌은 마지못해 말을 이었다. "나를 찾아온 사람이었다면 물론 봤을 테지만 그랬으면……."

"그랬으면요?"

"뭐, 딱 보고 힘들겠구나 했겠지." 삼촌은 시원시원하게 덧붙였다. "목이 부러져서 상태가 범상치 않았다니 말이야. 그럼 신고해도 별수 없으니까. 게다가……."

"게다가?"

"나 때문에 떨어졌을 수도 있다고 생각하면 무섭지 않았겠어? 혹시 경찰이 뭐라고 물어볼 수도 있고, 그럼 어쩌나 했겠지. 엮이는 게 무서워서 떠났다고 해도 탓하기는 힘들어. 오히려 안쓰러울 정도야."

"안쓰럽다고요?" 나는 귀를 의심했다.

삼촌은 여전히 진지한 얼굴로 고개를 끄덕였다. "그야 그렇지. 내 병을 모르잖아. 시한부 선고를 받고 길어야 두 달 남았었는데. 그 자리에서 죽어도 별 차이는 없어. 그런 줄도 모르고 선생님은 죄책감을 느끼고 계신 게 아닐까 싶어서 말이지."

삼촌은 그렇게 말했고, 나는 그 말을 들으며 속으로 한숨을 내쉬었다.

남자란 첫사랑에 아주 맥을 못 추는 존재구나, 싶었던 것이다.

일반적으로 보면 고등학교 선생님이 삼촌을 찾을 이유도 없고 방법도 없다. 그보다 먼저 그 향수의 향기가 났다는 것 자체가 삼촌의 착각이었던 건 아닐까. 실은 강아지 산책이든 뭐든, 아무도 거기에 없었던 건 아닐까. 나는 그런 생각이 들었다.

삼촌과 이런 대화를 나눴을 때, 나는 어쩌면 약간 마음이 들떠 있었는지도 모른다.

왜냐하면, 그다음 날 구라이시 씨와 만나기로 했기 때문이다.

"화요일은 휴무죠? 오후에 그 근처에 볼일이 있는데, 바로 퇴근하거든요. 이번에는 느긋하게, 차 한잔 어때요?"

그런 연락을 받고서 무엇을 입고 갈지 고민하기도 하고, 또 제법 긴 앞머리를 다듬기도 했다.

사오는 이런 준비를 하는 내 모습을 못마땅하게 바라봤다. 그전부터 내가 구라이시 씨 이야기를 꺼내면 매번 "누구? 아, 그 사람?" 하며 뭔가 좀 거슬린다는 듯한 말투를 하곤 했다.

나는 그냥 흘려들었다. 평소와 다름없이 사람을 어려워

하는 동생의 성향은 — 상대가 남자이고, 젊은데다 멋있기까지 하면 더욱 유난스럽다는 것을 경험으로 알고 있었기 때문에 그러려니 했던 것이다.

그날도 기분 좋게 집을 나서는데, 우리 사이에 긴장감 있는 대화가 오갔다.

"그럼 저녁밥은 필요 없는 거지?"

사오는 현관에 서서 허리에 손을 얹고 퉁명스레 물었다. 군데군데 뻗친 긴 머리칼마저 동생의 언짢음을 반영하는 것만 같다.

"먹어야지." 무슨 말인가 하는 생각에 바로 답했다. "차만 마실 거니까 저녁 시간 비슷하게 올 거야."

"뭐어?"

의심하는 것 같으면서 놀리는 것 같기도 한 말투다. 아주 찜찜한 반응이다.

무슨 소리냐고 말하고 싶었지만, 얘기가 길어질 것 같아서 그대로 집을 나섰다.

지난번에 갔던 찻집에 약속 시간 5분 전에 들어서자 먼저 와서 수첩을 보고 있던 구라이시 씨가 나를 알아채고 얼굴을 들더니 쌩긋 웃어 보였다 — 단정한 얼굴로 '활짝 웃음을 짓는' 모습에 나의 마음은 녹아버린다.

커피에 케이크까지 주문하고 우리는 이런저런 이야기를

나누었다.

지난번에는 내 이야기만 하고 말았지만, 사실은 구라이시 씨의 이야기를 듣고 싶은 마음이었다.

가까워지고 있는, 가능하면 더 가까워지고 싶은 사람에 관한 거라면 뭐든 관심이 가는 이야깃거리가 된다. 좋아하는 음식이나 계절, 어릴 적에 타고 다닌 자전거의 색상까지도.

그렇다곤 하지만 여전히 구라이시 씨가 이야기를 잘 들어주는 바람에 대화의 반 이상은 내 이야기였고, 구라이시 씨는 주로 일 이야기를 했다. 지금 하는 업무의 내용 그리고 직무능력 향상을 목표로 여러 가지를 공부하고 있다는 것.

"일하면서 노력하기 어려운데, 대단한 것 같아요."

속없이 들린다고 생각하면서도 그렇게 말하자 "뭘요, 사쿠마 씨도 이것저것 노력하고 있죠."라고 구라이시 씨가 응했다. "번역도 열심히 하고, 목욕탕에서 일하는 건 얼마 전까지만 해도 상상도 못했잖아요."

"그렇긴 하지만, 목욕탕을 계속 운영하는 게 삼촌이 원하시는 일이고……."

무심코 말하다가 구라이시 씨의 굳은 표정을 눈치 채고는 황급히 말을 고쳤다.

"원하셨던 일이요. 죄송해요, 말이 이상했네요."

구라이시 씨는 다시 뜨거운 토스트 위에 녹아내리는 버터처럼 완벽한 웃음을 지었고, 화제는 곧 바뀌었다.

시간이 흘러, 어느덧 6시가 다 되어갔다.

"시간이 벌써 이렇게 됐네요. 식사라도 어때요?"

구라이시 씨의 제안에 나는 마음이 복잡해졌다.

밥을 먹자고 해서 기뻤고 꼭 그렇게 하고 싶은 마음도 있었지만, 식사는 다음번에 만났을 때 하는 것이 적당한 것 같기도 했다.

구라이시 씨를 멋지다고 생각한다. 마음이 끌리고 있다. 그건 분명하지만, 너무 빨리 가까워지는 건 좀 아깝다고 할까. 왠지 불안한 그런 마음도 들었던 것이다.

그리고 또 하나, 저녁은 사오와 약속을 하고 왔다. 구라이시 씨와 저녁까지 있을 줄 모르고 '집에서 먹겠다'고 못을 박고 온 것이다.

"아, 동생이 밥을 해놓고 기다리고 있을 것 같아서요."

"그래요?" 구라이시 씨는 가벼운 어조로 덧붙였다. "그럼 다음에 가요."

다음에, 라는 말은 얼마나 아름다운 말인가. 세상의 수없이 많은 여성, 또 남성이 그 말에 미소를 지었을 것이다.

그렇게 사오와 약속한 대로 저녁 시간에 맞춰 귀가했다. 그런데…….

"아, 왔어?"

그렇게 말하며 나를 맞이하는 동생이 이미 혼자 식탁에 앉아 있는 게 아닌가.

"뭐야, 내가 저녁에 온다고 했잖아."

"그야 말은 했지만. 혹시 모르니까."

"뭐 먹는데?"

"포토푀 먹어. 간단하게 만든 거."

간단하게 만드는 포토푀는 집에 있는 채소와 소시지를 콩소메 수프에 넣고 끓인 것이다. 제대로 만드는 포토푀는 사태를 넣고 2시간 이상 끓여 육수를 우려낸다.

간단하게 하면 30분 만에 만들 수 있는데, 이건 이대로 나쁘지 않다 ─ 큼지막하게 썬 양파와 무가 부드럽게 익고, 간이 딱 좋으면 더욱 그렇다. 나는 토마토가 들어 있는 걸 좋아하는데(사오의 그릇 색깔로 봤을 때 오늘은 그런 것 같다), 잘 익은 토마토면 더욱 맛이 좋다.

하지만 간단한 포토푀는 사오가 혼자 있을 때 만드는 단골 메뉴였다. 회사를 다녔을 때, 내가 밖에서 저녁을 먹고 와서 밥은 뭘 먹었냐고 물으면 나오는 대답이 '포토푀'였다. 그걸 일부러 오늘 만들어 먹다니.

"내가 먹을 건?"

"아, 먹을 거면 냄비에 있어."

사오는 그렇게 말했지만, 냄비 뚜껑을 열어보니 혼자면 리필도 할 수 있을 것 같은데, 둘이면 좀 아쉬울 양이다.

어쨌든 그릇에 덜어서 먹었다. 맛은 있지만 만족스럽진 않다.

심지어 사오는 심술이 났다 — 원래 다정다감한 편은 아니지만, 한마디 한마디에 의도가 있는 느낌이다. 나도 마침내 진절머리가 났다.

"계속 뭔데? 이럴 거면 구라이시 씨랑 먹고 올 걸 그랬잖아."

"그러지 그랬어?"

나는 동생의 얼굴을 지그시 바라보았다.

"무슨 소리야? 아까 내가 나갈 때부터 이상하더니."

"안 이상해."

"이상하다니까."

"이상한 건 언니지."

"왜?"

"됐어. 난 신경 쓰지 말고, 다음엔 그 사람하고 밥 먹고 와. 근데 그 사람이 언니한테 난감하게 굴지 않아야 할 텐데. 밥 먹고 집까지 바래다주거나 말이야."

"무슨 소리야?"

"왜 있잖아. 언니가 전에 만났던 사람."

"아⋯⋯."

나는 말끝을 흐렸다. 솔직히 말하면 그 얘기는 별로 하고 싶지 않다.

하지만 회피하는 것도 왠지 찝찝한 것 같아 물러서지 말자고 생각했다. 어쩌면 나도 사오의 언니인 만큼 고집스러운 면이 있을지도 모른다.

"그 사람이 왜?"

아무렇지도 않은 척 가슴을 펴고 사오에게 물었다.

"예전에 언니가 말했잖아. 그 사람하고 왜 헤어졌는지." 동생은 매몰차게 직구를 날렸다. "밤에 집까지 바래다줬을 때, 잠깐 들렀다 갈지 그냥 갈지 얘기하다가 싸운 게 계기였다며."

그때의 기억이 갑작스레 밀려오자 나는 타격을 받았다.

"잠깐 있다 가면 안 돼?"

남자친구가 아파트 앞 골목에서 이 층 창문을 올려다보며 말했다.

열 시가 넘는 시간이었을 것이다. 집에 들러도 — 곧바로 돌아가지 않고 약간 여유를 부려도 충분히 막차를 탈 수 있다.

내가 혼자 살면 (설레는 마음으로) 여러모로 망설일 상황이다. 상대가 무슨 생각으로 말하는 건지, 나는 어떻게 답해야 할지 하면서. 하지만 애초에 나는 혼자 살지 않는다.

"동생이 있어서."

그렇게 대답하자 그는 약간 눈살을 찌푸렸다.

"알아." 누가 봐도 기분이 상한 표정으로 말했다. "같이 산다고 전에 얘기했잖아."

"맞아. 근데 동생이……."

사람을 좋아하지 않고 좀 별난 편이고, 이 시간에는 보통 먼저 자고 있다, 그런 설명을 하려고 했다. 그런데…….

"동생은 상관없어." 내 말을 가로막더니 말했다. "근데 좀 어이가 없다."

"어이가 없다고?"

"됐고, 알았으니까 갈게. 조심히 들어가."

"응? 알았다니, 뭐가?"

발길을 돌려 빠르게 걸어가는 바람에 나는 집 근처에서 소란을 피울 수도 없는 노릇이라 그 모습을 지켜볼 수밖에 없었다.

당연히 수긍하지 못하고, 거실에 앉아(사오는 안방에서 자고 있었다) 문자를 보냈다.

"아까 뭐야?"

얼마 지나지 않아 읽음 표시가 뜨기는 했지만, 그에게 답은 없었다.

"어이가 없다고 했지?"

또 보내자, 몇 분 지나서 답이 왔다.

"어."

딱 한 글자. 나도 화가 나서 무슨 일이냐며 추궁했고, 그 이후는 분노의 랠리였다.

남자친구의 주장은, 요컨대 아까 내 말투가 기분이 좀 그랬다 ― 경계하는 식으로 들렸는데, 그것이 '어이가 없었고', 혼자 살지도 않는데 그렇게 생각했냐는 말이었다.

동생하고 산다는 말은 이미 들었고, 중요한 포인트인데 기억을 못할 리가 없지 않냐. 그럼에도 불구하고 경계를 하니 마치 자기가 늑대도 아니고 기분이 별로였다는 것. 그렇게 말했다.

그게 아니라고 나는 말하고 싶었다. 내가 뭔가를 경계하고 있었다면, 그건 후줄근한 아파트(집주인 할머니 죄송해요)를 남자친구한테 보여주는 것이었다.

그리고 또 하나는 예쁘장한 사오를 보여주는 것이었다.

하지만 외모에 대한 콤플렉스뿐만 아니라, 어쩌면 별난 사오를 부끄럽게 생각하는 마음이 있었는지도 모른다. 그런 속마음을 나는 철저히 숨겼다.

"동생이 낯을 가리고, 특히 남자를 어려워해."

그렇게 말하자 바로 답이 왔다.

"무슨 나쁜 짓이라도 당한 적 있어?"

아까 내 말투가 남자친구의 기분을 상하게 했다면, 이 문자의 뉘앙스는 나를 격분하게 만들었다.

사오에게 그런 일이 있었다고 들은 적이 없다. 내가 들은 적이 없을 뿐만 아니라, 그런 일이 있었을 리가 없다.

만약 있었다면, 나는 그 상대를 죽여버렸을 것이다.

그 싸움을 계기로 얼마 안 가 헤어지게 됐다. 학창 시절 경험에 비춰봐도 남자친구와의 싸움은 치유될 수 있는 것과 그렇지 않은 것이 있다는 걸 알고 있었다.

그러니까 헤어진 건 어쩔 수 없다고 생각하고, 후회는 없지만…….

"그 사람도 그랬지?"

사오의 목소리. 현실로 돌아와 사오가 갑자기 눈앞에 나타난 것 같은 기분이 들었다.

"그랬다는 게 무슨 뜻이야?"

"언니를 난감하게 만들었잖아. 집에 있다 가고 싶다고 해서."

"난감하게 만들었다기보다……."

하긴 그렇게 말할 수도 있겠지만.

"결국 남자가 여자를 가만히 두지 않는 게 문제인 거야."

"무슨 말이야?"

"그러니까 그냥 친하게 지내더라도 다른 방식으로 만나지 않으면 성에 안 차잖아?"

다른 방식으로 만난다?

"혹시 좋아하는 사람끼리 사귀는 걸 말하는 거야?"

섹스라고 하면 간단하지만, 동생에게 그렇게 노골적으로 말하기는 꺼려졌다.

"만약 그런 거면, 그건 말이지⋯⋯."

남자만 일방적으로 원하는 건 아니야. 나는 그렇게 말하려고 했다.

"내가 중학교 때 있었던 일인데." 사오는 갑자기 화제를 바꿨다. "전에 말했지? 반에서 작은 사건이 하나 일어났다고."

나는 고개를 끄덕이며 말했다. "사오가 탐정이 돼서 해결했다는 거?"

"음, 그걸 해결이라고 할 수 있으려나." 사오는 어깨를 으쓱하며 덧붙였다. "그때 있었던 이야기 들어줄래?"

내가 고개를 끄덕이자 사오는 접시를 모아 싱크대에 두고, 둘이 마실 호지차를 끓인 다음, 중학교 때의 사건에 대해 이야기하기 시작했다.

"언니, 기억 나? 우리 중학교는 연극부에서 2학기 말에 2학년들만 참여하는 공연을 준비했잖아. 직접 만든 각본으로 연출도 2학년이 다 해서 졸업생인 3학년들한테 보여주는 연극."

"맞아. 그런 거 있었지."

사오와 나는 같은 공립중학교에 다녔지만, 나이 차이가 많이 나기 때문에 함께 아는 사람은 한 명도 없다.

연극부 공연은 어렴풋이 생각이 난다. 3학년을 위한 공연이었지만, 보고 싶으면 누구나 ― 같은 2학년, 또는 1학년도 보러 갈 수 있었던 걸로 기억한다.

"내가 2학년 때 연극부였던 2학년은 딱 세 명이었는데, 다 우리 반이었거든. 오카베, 기타모토라는 여자애 두 명. 그리고 코노라는 남자애가 있었어. 아담한 편이었던 오카베는 책 읽기를 좋아해서 각본을 쓰거나 연출하는 걸 좋아하는 애였고, 기타모토는 키가 크고 늘씬하고 예쁘장했는데 배우가 어울리는 스타일이었어. 코노는 운동을 잘했고 동아리 활동은 농구부랑 겸임했었는데, 잘생기고 성격도 활발해서 여자애들한테 인기가 많았어. 남자애들도 좋아하는 우리 반 주인공 같은 느낌이었지. 연극부원 중에는 많이 없는 스타일이었을지도 몰라. 실제로도 학교 끝나고 거의 농구만 했고, 연극부는 유령부원이었대. 걔가 왜 연극부에 들어갔냐면 오카베와 소꿉친구였거든 ― 엄마들끼리 친해서 어렸을 때부터 아는 사이라 자기도 어쩌다 들어갔나봐. 둘이 평소에 친하게 지내니까 코노를 좋아하는 여자애들은 오카베를 질투하기도 했어. 오카베가 그런 게 아니라 그냥 친구 사이라고 하면, 여자애들이 당연한 거 아니냐고 뒤에서 뭐라고 그랬거든. 오카베는 평범하니까 코노가 그런 의미로 좋아하진 않을 거라면서. 오카베도 어디서 들었는지 코노 팬들은 말이 많다고 속상해했어."

사오는 말을 끊고 커다란 찻잔을 양손으로 들어 차를 마셨다. 나도 한 모금 마시고는 이야기에 계속 집중했다.

"그런 세 사람이 연극을 하게 된 거야. 한다고 해봤자 코노는 유령부원이었지만."

"그때까지 무대에 선 적은 있어?"

"당연히 제대로 된 역은 한 번도 안 맡았지. 근데 잘생겨서 인기가 많으니까 선배가 잠깐만 나오래서 의상만 입고 무대를 걸어가거나 거의 가만히 서 있기만 했어. 그렇게 몇 번 나오기만 해도 팬들이 보러 왔대."

"아이돌이구나."

"그 2학년들끼리 하는 공연도 거의 오카베랑 기타모토만 나오는 2인극이었어. 코노는 마지막에 잠깐 등장하기로 했고. 농구 시합도 있으니까 비중이 있는 역은 힘들지만, 그래도 나가고 싶다고, 이번에는 대사가 있는 역으로 해달라고 오카베한테 부탁해서 그렇게 하기로 됐던 거야."

"오카베라는 친구가 각본을 썼나 보네. 어떤 내용이었어?"

"내용은 아무도 몰랐어. 오카베가 절대 말하면 안 된다고 두 사람한테 당부했거든. 스토리나 세 사람의 역할도 비밀로 했고. 오카베가 약간 놀랄 만한 부분이 있을 거라고 주위에 넌지시 말했다나봐."

"공연 날까지 비밀을 엄수했구나."

"아니, 계속 비밀인 채로 있었어."

"뭐? 무슨 말이야?"

"공연은 취소됐고, 그걸로 끝이었어. 그 연극은 빛을 보지 못했거든."

6

"취소됐다고?"

"오카베가 공연 이틀 전에 그렇게 말했어. 미안하지만 공연을 못하게 됐다고."

사오는 자리에서 일어나 다시 차 한 잔을 타서 각자의 찻잔에 따른 다음, 설명을 이어가기 시작했다.

"처음엔 연습이 부족하다고 했는지, 담당 선생님이나 선배들은 어쩔 수 없다고 했나봐. 이해를 못한 건 같은 반 애들이었어 ― 그 중에서도 코노 팬이었던 여자애들 말이야. 무슨 일이냐고 오카베한테 계속 따졌어. 그랬더니 오카베가 가능하면 말하고 싶지 않았다면서 의상이 하나 없어졌다고 한 거야. 기타모토가 쓰는 건데, 교실에 둔 가방 속에 있던 게 점심시간 후에 보니 없었대."

"한마디로 누가 훔친 거네?"

"그렇다는 소리겠지."

"근데 누가? 왜? 그리고 어떻게 했을까?"

"하는 건 별로 안 어려워." 사오는 계속 설명했다. "날이 화창하고 따뜻해서 점심시간에는 교실에 아무도, 심지어 나도 없었거든. 거기 들어와서 기타모토의 가방을 열고, 안에 있는 걸 꺼내려고 했으면 누구든 할 수 있었을 거야."

"그래도 꺼내려면 그게 거기에 있다는 사실을 알고 있어야 하잖아."

"아, 그건 말이지."

사오는 의외로 예리하다고 말하는 듯한 표정을 짓더니 대답했다.

"아침에 애들이 다 있는데 기타모토가 오카베한테 말했대. 주문한 게 드디어 왔으니까 학교 끝나고 확인해보자고. 그 대화를 들은 사람도 많았고, 얘기하는 걸 들어보면 연극에 쓸 무언가를 오늘 가져왔다는 건 금방 알 수 있었다나 봐."

"그럼 다 범인일 가능성이 있다는 거네. 같은 반 애들 중에 누구든."

"그렇지. 아마 그랬을 거야. 만약 목격자의 증언이 없었다면."

"그런 게 있었어?"

나의 말에 사오는 고개를 끄덕이며 설명을 이어갔다.

"아까 말한 코노 팬들이 자기들끼리 탐정단 비슷한 걸 만들어서 옆 반까지 탐문하러 갔어. 그러다가 점심시간 내 내 교실에서 깜빡하고 못한 숙제를 하던 여자애를 찾아낸 거야. 우리 교실은 복도 끝이라 왔다 갔다 하려면 반드시 옆 반 앞을 지나거든. 누가 지나가면 분명히 발걸음 소리든 뭐든 들렸을 거야. 그 애 말로는 주위가 조용했을 때 — 점심시간에 애들이 다 나갔다가 예비종이 울려서 들어오기 전까지 우리 교실에 출입한 사람이 딱 한 명 있었다는 거야."

"그럼 그 사람이 범인이야?"

"상식적으로 생각하면 그렇겠지. 하지만 봤다는 그 애도 얼핏 봤을 뿐이고, 얼굴까지 본 건 아니었어. 다만 외모랑 목소리가 남자인 건 확실하다는 거야. 복도를 걸어왔고. 지나가다가 투덜거리면서 말하는 게 들렸대. 처음에는 혼잣 말이라고 생각했다가 몰래 휴대폰으로 통화를 하나 싶었 다는 거야. 지금은 어떨지 모르겠지만, 우리 때는 학교에 휴 대폰을 가져올 수 없었거든. 내용까지는 모르겠지만, '재작 년', '그만둘 때'라는 말이 들렸대. 그러면서 옆 반 교실에 들 어갔다가 금방 나오더니 이번에는 말없이 어디로 갔다는 거야. 교실에 들어갔을 때나 나왔을 때도 빈손이었던 것 같다고 했어. 이게 옆 반 여자애의 증언이고. 이 증언을 바탕으로 탐정단 애들이 지목한 용의자가 야부사와라는 우리 반 남자애야."

"그 남자애는 어떤 애야?"

"말하자면 용의자에 안성맞춤인 타입이지." 사오는 어깨를 움츠리고는 말을 이었다. "평범한 것 같지만 속을 알 수가 없어. 순해 보이기도 하는데, 무슨 꿍꿍이가 있는 사람처럼 음침한 느낌도 있었거든. 초등학교는 명문 사립학교, 고등학교까지 바로 진학할 수 있는 곳을 다녔는데, 6학년 말에 공립으로 전학을 갔어. 아무래도 무슨 문제를 일으켰던 것 같은데, 이유는 몰라. 야부사와가 의심을 받게 된 첫 번째 이유는 휴대폰이야. 선생님 몰래 학교에 가져왔거든. 그리고 옆 반 애가 들었던 '재작년', '그만둘 때'라는 말도 들어맞았어. 사립학교를 그만뒀던 — 그만두게 된 이야기를 했던 건 아닐까 싶었던 거지. 그리고 또 하나, 야부사와가 기타모토를 좋아한다는 말도 있었거든. 호기심에 기타모토의 가방을 열어본 게 아니냐 했던 거야."

문제가 좀 있는 인물 같지만, 지금 들은 정황만으로 의심을 받는 건 약간 과한 것 같다 — 나는 그런 생각이 들었고, 아마 그게 얼굴에도 드러났을 것이다.

"뒷부분은 거의 억지스러운 추측이야. 2년 전에 뭘 그만둔 사람이 하나둘이겠어? 기타모토를 좋아하는 남자도 그렇고. 워낙 예뻤거든. 키가 크고 청순한 스타일에 긴 생머리가 찰랑찰랑했어."

어떤 스타일인지 알겠다. 중학교 때 우리 반에도 있었다. 남자애들이 호감을 품고, 여자애들이 선망의 대상으로 삼는 그런 아이.

"야부사와가 용의자로 찍힌 건 결국 휴대폰, 그리고 본인의 이미지 때문이었어. 뭔가 꿍꿍이가 있을 것 같고, 친구도 없고, 반 애들이랑 잘 어울려 다니지 않았던 게 컸지. 물론 나도 혼자서 다니긴 했지만 말이야. 만약 '남자'란 증언이 없었으면 내가 범인으로 몰렸을지도 몰라."

진지한 얼굴로 그렇게 말하고는 사오는 설명을 이어나갔다.

"어쨌든 그래서 학교가 끝난 다음에 탐정단이 반 애들 앞에서 야부사와한테 따진 거야. 네가 가져갔지? 빨리 돌려줘, 하고."

"잠깐만." 내가 가로막았다. "그래서 없어진 게 결국 뭐였어? 애들은 다 알고 있었던 거야?"

아니, 하고 사오는 고개를 저었다. "그건 안 알려줬어. 아마 공연 당일까지 비밀로 했던 '놀랄 만한 부분'하고 관련이 있었을 거야."

"의상의 일부라고 했지? 또 사이즈도……."

"맞아, 그렇게 큰 건 아닐 거야. 기타모토는 책가방에 넣어왔고, 범인도 교복 주머니나 겉옷에 숨겨서 가지고 나갔겠지."

남자 교복 재킷이라면 웬만한 건 거의 숨길 수 있을 것이다. 주머니도 크고, 안주머니에 넣을 수도 있다 — 그래도 의상 한 벌을 넣을 순 없을 텐데.

"그럼 그걸 빼고 할 순 없었어?"

모처럼 각본도 직접 쓰고, 연습까지 했는데.

"탐정단 애들도 똑같이 말했어. 의상이 좀 없어도 그냥 하면 되지 않냐고. 근데 오카베는 동의하지 않았어. 그게 있느냐 없느냐에 따라 엄청 차이가 나는 것 같은데, 뭔지 안 알려주는 거야. 다른 두 사람도 마찬가지였어. 그래서 그 정체는 수수께끼로 남은 채, 수업이 끝난 교실에서 탐정단이 야부사와를 심문하게 된 거야.

'기타모토가 불쌍하잖아. 오카베도 그렇고.'

야부사와는 얼굴이 굳어 있었고, 피해자인 두 사람도 약간 곤란해하는 것 같은 느낌이었어. 범인을 찾아달라고 부탁하지도 않았는데, 하는 표정이었거든. 코노는 평소처럼 농구 연습 때문에 그 자리에 없었어.

'둘 다 열심히 연습했는데.'

'코노도 진짜 노력했단 말이야.' 어떤 애가 말했어. '내 동생이 그러는데 농구부에서도 혼자 정신이 없었대. 연습 끝나고 옷을 갈아입는데 셔츠를 뒤집어서 잘못 입은 적도 있고.'

난 어쩌다 집에 갈 타이밍을 놓쳐서 그 자리에 있었는데, 그 말을 듣고 어라? 하고 생각했어. 예전에 읽었던 외국 소설에 셔츠를 뒤집어서 잘못 입는 사람이 나온 적이 있었거든. 그 사람이 왜 그랬냐면…….

그때 내가 뭔가 떠오른 듯한 얼굴을 했는지, 야부사와가 곁눈질로 이쪽을 보고 부탁한다는 표정을 지었어. 반에서 겉도는 애들끼리 서로 좀 돕지 않을래? 이런 표정이었는데, 솔직히 기분이 좋지는 않더라고. 나도 원래 걔는 별로였고, 도와줄 이유도 없었으니까. 그래서 조용히 있었더니 탐정단 한 명이 야부사와의 시선을 따라서 내 얼굴을 보고는 묻는 거야.

'사쿠마, 뭐 할 말 있니?'

그 말투가 어차피 뭐 없잖아? 라고 들려서 비위에 거슬렸던 건지도 몰라. 아니면 아무리 야부사와가 별로라도 역시 잘못된 건 그대로 두면 안 된다고 생각했는지도 모르지. 정신을 차려보니까 나는 한 걸음 내딛—지는 않고 그대로였을지도 모르지만, 아무튼 그 애랑 다른 애들한테 얘기하고 있었어.

'내가 하고 싶은 말은 이거야.'

애들이 다 깜짝 놀라서 이쪽을 쳐다봤어. 내가 사람들 앞에서 뭔가 말하는 건 거의 처음이었으니까.

'누가 혼자 소리를 내서 중얼거리는 게 전부 혼잣말이나 통화는 아닐 수도 있잖아. 특히 이런 경우에는 말이야.'

아주 간단하달까, 기본적인 건데 다들 눈치를 못 챈 건가? 희한하네, 그런 생각을 하면서 말했어.

'이런 경우?'

'연극부나 연극이랑 관련 있는 경우 말이야. 그 사람은 대사 연습을 하고 있었을지도 몰라.'

그렇게 말했더니 갑자기 조용해졌는데, 다들 깜짝 놀란 눈치였어.

'너 모르는 거 아니지? 이번 연극은 2학년 세 명만 나와.'

당연히 알고 있다. 그중 두 사람은 여자고, 남자는 한 명뿐인 것도.

'설마 코노가 그런 일을 할 리가 없잖아.'

'맞아.' '무슨 소리야?' '절대 그럴 리 없어.'

그때 알았어. 다들 눈치를 못 챈 게 아니라, 눈치를 채고 싶지 않고, 알고 싶지도 않은 거라고.

두꺼운 벽처럼 저항이 느껴졌어. 그걸 깨기 위해서는 내가 말할 수 있는 건 전부 말해야 한다는 걸 알았지. 나는 오카베와 기타모토의 얼굴을 봤어. 둘 다 말 한마디 없고 놀라는 기색도 없었는데, 아마 내가 말하는 게 반갑지는 않았겠지만 그렇다고 말리려고 하지도 않았어.

나는 계속했어. '그럼 코노가 뒤집어서 입은 셔츠는 뭐야?'

다들 예상치 못했는지, 무슨 소리냐는 말도 없이 내 얼굴을 멍하니 바라봤어.

'그리고 옆 반 애가 말한 복도에서 들렸다는 말.' 나는 계속했어. '재작년 그리고 그만둘 때……, 그건 2년 전에 누가 뭘 그만둔 게 아니고…….'

'아니면 뭔데?'

'결혼식에서 목사님이 하는 말 — 신부에게 하는 말 아니야? 당신은 누구누구를 남편으로 맞아 아플 때나 건강할 때나 사랑할 것을 맹세하겠습니까, 어쩌고 하는 거. 셔츠를 생각해봐도 그렇잖아. 목사님이 입는 셔츠는 목까지 채우는 셔츠고, 단추도 안쪽에 달려 있으니까 일반 셔츠를 뒤집어서 입으면 비슷해. 코노는 그걸 연습해본 게 아닐까?'

그 자리에 있는 누구도 숨소리조차 내지 않았지만, 아까와는 분위기가 달랐어. 사람들이 내 말을 듣기 시작했던 거야. 아직 믿진 않았지만, 진짜 귀를 기울이기 시작했다는 걸 알 수 있었어.

'이 모든 게 우연이라고 보긴 어렵지. 우선 복도에 있었던 건 코노가 맞고, 코노가 연기하기로 했던 역할은 목사님이야. 그 목사님이 주관하는 결혼식이 연극의 마지막 장면이지. 코노는 그때만 나온다고 하잖아. 2인극이 결혼식 장면에서 끝난다면 해피엔딩인 로맨스가 아닐까? 이 부분은 추측이라 아닐지도 모르지만.'

오카베와 기타모토는 여전히 입을 다문 채, 그 어떤 부정도 긍정도 하지 않았어.

'연기하는 건 오카베와 기타모토지만, 여성 두 사람이 결혼하는 이야기는 아니겠지. 목사님의 대사에 남편으로서, 라는 부분이 있으니까 적어도 한 명은 남자일 거야. 아마 남녀 커플이고 둘 중에 한 사람이 남자역이겠지. 그게 기타모토라고 생각하는 이유는 키도 그렇지만, 없어진 물건이 기타모토의 소품이었기 때문이야. 부피가 크진 않지만, 있는지 없는지에 따라 아주 큰 차이가 있는 의상의 일부. 스스로 만들거나 준비하기는 어렵고, 아무 데서나 팔지도 않아서 공수하려면 시간이 걸리는 물건. 이것도 추측이지만 아마 맞을 거야. 남자 가발 아닐까?'

내가 거기까지 말하고 나니까 분위기가 정말 확 하고, 소리가 들렸나 싶을 정도로 변했어. 모두가 내 말을 믿는다는 게 느껴졌어. 없어진 물건, 연극의 스토리와 설정, 그리고 코노가 범인이라는 사실도 전부 말이야. 그런데 표정들이 별로 후련해 보이진 않았어. 오히려 불안한 것처럼 불편해 보였어. 탐정단이나 다른 애들은 멍했고, 오카베랑 기타모토는 고개를 숙이고 있는데 다들 아무 말도 없었어. 야부사와는 이제 취조할 필요가 없으니까 분위기가 묘했던 단체 심문도 끝이 났지. 그런데 진범이었던 코노에겐 그 이후에도 대놓고 책임을 묻게 되진 않았어. 원래 설렁설렁 활동하던 연극부를 그만두면서 열심히 농구만 했고, 여전히 인기가 많았지만 예전처럼 아이돌 같은 느낌은 아니었을지도 몰라. 기타모토도 연극부를 그만두니 어쩌니 했던 것 같은데, 나중에 어떻게 됐나 모르겠네. 아무튼 반 분위기가 살짝 달라졌어 — 공기가 멈춘 듯한 느낌이었는데 다들 내 탓이라고 생각했나봐. 어쨌든 3학년이 되면 다 흩어지니까 조금만 더 참으면 됐을 거야. 나는 그전에 학교를 그만뒀으니까 나중에 어떻게 됐는지 몰라. 어쨌든 아직도 그때 일은 뭐였나 싶어."

사오가 감정이 실린 말투로 말했다.

"당연히 코노가 잘못했잖아. 남의 물건을 마음대로 꺼내서 어디 버렸을 텐데. 절도, 기물파손인데도 왜 별로 뭐라고 하지 않는 분위기였을까. 원래 인기가 많았으니까? 그렇게 따지면 기타모토도 마찬가진데, 심지어 피해자였으면서 뭔가 찔리는 구석이 있는 것처럼 보였고, 나중에 오카베하고도 어색해진 것 같았어. 정말 뭐였을까."

분하다는 듯 말하는 사오의 부드러운 머리칼이 기분 탓인지 곤두선 것처럼 보일 정도였다.

"결국 남자가 나쁜 짓을 해도 단순히 장난으로 치부하잖아. 당한 사람이 오히려 마음을 쓰거나 친구를 잃기도 해. 그래서인지는 모르겠지만, 그런데도 남자들은 여자를 가만히 내버려두지 않잖아. 코노를 좋아하는 여자애들은 자기들끼리 얘기하면서 좋아하거나, 연극이나 농구 시합을 보러 가는 게 다야. 본인이 싫어하는 일은 절대로 하지 않아. 남자들은 여자를 빤히 쳐다보거나 괜히 접근해서 불편하게 만드는데 말이야. 서로 통하는 얘깃거리도 없으면서 말 걸어놓고 사람이 무뚝뚝하다고 그러고."

후반부는 실감 나는 걸 보니 본인의 경험담일 것이다. 그리고 사오처럼 눈길을 끄는 미소녀가 아니더라도 무슨 말을 하려는 건지 어느 정도는 이해는 갔다.

그건 그렇다 치고, 동생의 얼굴을 찬찬히 보면서 나는 생각했다. 아마도 사오는 어째서 반의 분위기가 나빠졌는지 그 진실을 알 수 없었고, 지금도 모르고 있다.

어째서 마지막 순간에 사오가 '가발'이라는 말을 했을 때 분위기가 갑자기 바뀌었는지, 그 이유도 모를 것이다. 그 자리에 없었던 나는 왠지 알 것 같은데 말이다.

오카베와 기타모토, 두 소녀가 서로에게 느낀 감정도 짐작이 간다. 자신과 유형이 다른 동성 친구에게 강하게 이끌려 한동안 서로 빠져들었다.

그 나이 또래의 여자, 아마 남자에게도 흔히 있는 일이다.

다른 것들이 눈에 들어오지 않게 되는 기분은 '사랑'과 아주 흡사하고, 어쩌면 그 일종이라고 볼 수 있을지도 모른다. 그렇다고 해서 그 당사자가 계속해서 동성을 사랑할 거라고 단정 지을 수는 없지만.

그런 두 사람이 사실상 2인극을 준비해 한 명이 남자라는 설정으로 사랑 이야기를 선보이기로 했다.

키가 크고 청순한 미소녀가 남자처럼 옷을 입고 긴 머리를 묶거나 모자를 써서 가리고 연기했다면, 관객은 남자라는 설정을 납득하고 즐기는 마음으로 공연을 볼 수 있었을 것이다.

하지만 여기에 가발이 등장하면 느낌이 확 달라진다.

남장에 대한 '진심'이 단번에 느껴지고, 거기에 벗은 가발 — 제자리가 아닌 머리카락의 어딘지 모르게 추잡한 모양새도 상상하게 된다.

심지어 코노가 기타모토의 가방에 손을 넣었을 때의 감

촉마저 생생하게 떠올렸을지도 모른다.

중학생들에게 그것이 '잘못된 상황'으로 느껴졌으리라는 것은 쉽게 짐작할 수 있다.

사오가 추리를 마친 순간, 그런 것들이 너무 생생하게 그려진 것은 아닐까. 남장, 연애, 그리고 줄거리의 마지막에 자리했던 '결혼'까지.

그래서 그 순간 모두가 어색해진 나머지, 그 내용을 기획한 오카베와 기타모토도 지금처럼 아무 생각 없이 마냥 서로에게 집중할 수 없게 됐고…….

그런 두 사람의 상황을 부끄러워하거나 주저하는 기색도 없이 차분한 표정과 냉철한 논리로 짚어낸 사오는 거북한 처지에 놓이게 됐던 것이다.

한편으로 공연 직전에 소품을 훔쳐 아마도 어딘가에 버렸을 코노의 행위는 아무도 문제 삼지 않았고, 예전처럼 화려하진 않을 뿐 계속해서 반의 인기를 유지했다.

중학생들에게는, '잘못된 상황', 에로스적인 요소를 배제한 코노의 행동은 그런 의미로는 옳은 일이었기 때문이다.

물론 잘못이 없다는 건 아니다. 남자가 여자에게 자꾸 간섭하고, 그게 못마땅하다는 사오의 주장도 이해가 된다. 그래도…….

"그 둘도 잘한 건 아니야. 연극부 행사인데 본인들만 생각한 거니까."

여자 둘이든, 남자든 여자든 바람직한 행동은 아니었다.
나는 그렇게 생각했다.

"코노가 잘못한 거지." 사오는 단언했다. "원래 오카베랑
친구였으면서 그걸로는 부족했다는 거잖아."

코노가 오카베를 좋아했다는 건 나도 짐작할 수 있었다.
소꿉친구를 '그런 의미로' 좋아했지만, 오카베는 같은 마음
이 아니었다.

그런 오카베가 기타모토와 친하게 지내는 걸 코노는 아
무렇지도 않게 생각했고, 그랬기 때문에 공연에서 두 사람
의 결혼식을 진행하는 것도 동의했다.

하지만 마지막에 추가된 '일부 의상'에 대해 사전에 듣지
못했던 게 아닐까.

그런 코노가 호기심에 기타모토의 가방을 열어 가발을
발견하고, '진심으로 연기하는', 즉 '라이벌이 될 수 있는' 기
타모토의 존재를 확실히 인식하며……

처음으로 강한 질투를 느낀 코노는 그걸 몰래 가지고 나
와 처분했다.

그런 배경에 대해 물론 사오도 대강은 알고 있었겠지만,
어떤 부분은 결정적으로 이해하지 못하고 있는 건 아닐까.

에로스적인 부분에 대해선 전혀 이해하지 못한 채, 그것

이 모든 악의 근원이라고 생각하고 있는지도 모른다. 평소에 자신이 느끼는 스트레스 — 길을 걸어갈 때 느껴지는 노골적인 눈빛들처럼.

하지만 나는 사오가 적어도 연애 감정에 대해서는 좀 더 알았으면 했다.

"사오, 사랑은 말이야. 친구로 지내는 거랑은 달라."

"다르다는 건 알아. 하지만 들어보면 좋을 게 하나도 없어."

"하나도?"

"보면 독점욕이나 질투가 심해질 뿐이잖아. 친구 사이에도 있다곤 하지만 훨씬 심하게."

"뭐, 그렇긴 한데."

"그럼 사랑을 하면 뭐가 좋아?"

그 말을 듣고 나는 진지하게 생각했다.

"가슴이 두근거리거나 마음이 설레."

"그런 거 필요 없어."

"손만 닿아도 좋고, 더 다가가고 싶고."

사오는 내 말을 도저히 이해할 수 없다는 듯 고개를 흔들며 말했다.

"아이, 친구가 낫다니까. 난 친구도 없으니까 신빙성은 없지만. 그래도 사랑보단 우정이 인간의 감정으로 보면 훨씬 고등해."

건방진 소리였지만, 그것도 맞는 말 같다. 아예 이해가 안 가는 건 아닌데…….

"동생이 좀 걱정이에요."

삼촌에게 말했다. 늦은 월요일 밤에 단둘이서 이야기를 나눌 때였다.

"어떤 점이 말이야?"

희미하게 빛이 나는 삼촌이 눈썹 한쪽을 치켜들며 궁금해했다.

"친구가 없는 점이요. 물론 많다고 좋은 건 아니겠지만."

"당연하지. 많은 게 나쁘다는 건 아니야. 그래도 자랑할 게 그것뿐인 놈은 하나같이 다 덜떨어진 놈들이거든."

내가 속으로 생각했어도 대놓고 말할 수 없는 말을 삼촌은 선뜻 단언한다. 연륜일까, 아니면 이미 죽었으니 가능한 걸까.

"그렇긴 하지만." 삼촌은 팔짱을 끼며 말했다. "친구가 한 명도 없고, 있었던 적도 없으면 보통 일은 아니겠어."

"그렇죠? 저랑 친구처럼 지내는 면도 있지만, 언니하고 친구는 아무래도 다르고."

"맞아. 가족은 둘도 없는 존재지만, 가족이 아닌데도 어

딘가 통하는 구석이 있다는 게 친구라는 존재의 소중함이
지. 이 드넓고 각박한 세상 속에서 그런 상대와 운 좋게 만
난 거니까."

"그건 연인도 마찬가지겠네요."

무심코 그렇게 말했던 건 나 자신이 사랑을 시작하는—
그런 사람과 만날 수 있어서 행운이라는 생각을 문득 하게
되는 단계였기 때문일 것이다.

"그렇지."

삼촌은 내 얼굴을 잠깐 살폈지만, 더 묻진 않았다.

"사오는 이성을 만나는 게 아무래도 어려울 거야. 우선
친구부터 시작해야겠지."

"맞아요." 나도 동감했다. "글렌이나 엘렌하고는 요즘 꽤
가까워졌는데 사실 그것도……."

엘렌의 청소법이 무척 마음에 들었는지 가끔 아침에 와
서 보여달라고 하는 것 같았다.

"그것도 친구라고 볼 순 없겠지. 어쨌든 저 두 사람은 너
희들의 수족이고, 애초에 아예 다른 생명체니까. 최소한 같
은 사람이고, 웬만하면 또래가 좋겠다. 물론 한 명도 괜찮
아. 그런 상대가 생기면 날카로운 성격이 뭔가 더 유해지지
않겠어?"

삼촌의 말을 듣고, 나는 고개를 끄덕일 수밖에 없었다.

그다음 주에 문구류를 사러 옆 동네에 갔던 나는 역 앞의 인파 속에서 익숙한 옆모습을 발견했다.

"미무라 씨?"

세무서 근처니까 미무라 씨가 있어도 놀라운 일은 아니다. 말을 걸자 상대방은 걸음을 멈췄지만, 무슨 일인지 돌아보지는 않았다.

잘못 봤나, 하고 생각하기 시작했을 때 천천히 이쪽을 돌아봤다. 그런데…….

"얼굴이 왜 그래요?"

나는 깜짝 놀랐다. 아까는 보이지 않았던 왼쪽 얼굴 곳곳에 자잘한 상처가 가득했던 것이다.

짙은 붉은색 모래라도 뿌린 것처럼 보이는데, 원래 하얀 편이라 그런지 상처가 더욱 눈에 띈다.

"별거 아닙니다."

아무리 봐도 어색한 말투다. "넘어져서요."

"아니, 어떻게 넘어졌길래……."

어쩌다 넘어질 수는 있겠지만, 보통 땅에 손을 짚거나 해서 얼굴을 막으려고 하지 않을까.

"손에 짐이 있어서 양손을 못 썼어요?"

"아뇨, 그런 건 아니에요. 목욕탕 다녀오다가 그랬거든요."

목욕탕? "혹시 우리 목욕탕?"

"네, 당연하지만."

미무라 씨가 마지막에 온 건 지난주 금요일, 아니면 그즈음이었다. 그때 집에 가는 길에 넘어져서 저렇게…….

미무라 씨는 눈을 크게 뜨고는 덧붙였다. "운동신경이 너무 없죠."

"아니에요."

나는 부인했지만, 내심 그 비슷한 생각을 하지 않은 건 아니었다.

"실은 그때……."

미무라 씨는 뭐라고 말을 꺼냈다가 동시에 멀리서 이쪽을 보고 있는 남자를 알아챘다.

"아, 죄송합니다. 그럼 다음에 또 봬요."

상사로 보이는 그 사람 쪽으로 걸어가며 대화는 그렇게 끝이 났고, 나도 깊게 생각하지 않았다. 그런데…….

그날 오후, 여느 때처럼 카운터를 보고 있는데 단골손님인 이소베 씨가 대뜸 내게 물었다.

"오늘 고생했겠네." 진지한 표정이었다. "그 사람 괜찮아?"

"네?"

"그 남자 말이야. 블랑인가 블렌인가."

미나카타 글렌을 말한다는 건 알겠는데, 대체 무슨 얘기지?

"심려를 끼쳐서 죄송합니다."

내 옆에서 차분한 목소리가 말했다. 어느새 곁에 와 있던 엘렌이 부드럽게 덧붙였다.

"하지만 덕분에 별일 없었습니다."

"병원은 갔지?" 이소베 씨가 물었다.

"네."

"뼈는 안 부러졌고?"

"괜찮습니다."

"그래도 일은 쉬는 거지?"

"네."

"그래야지, 그럼. 이게 무슨 일이야. 저 맨션은 원래도 좀 시끌시끌하더니. 경찰에 신고는 했어?"

"아직요."

"얼른 해. 어쨌거나 몸 잘 챙기라고 전해주고."

"감사합니다."

이소베 씨는 이제 하고 싶은 말이 다 끝났는지 천막을 지나갔다.

"방금 무슨 얘기야?"

나는 목소리를 낮춰 엘렌에게 물었다. 방금 한 대화만 놓고 보면 글렌이 사고라도 당해서 침대에 누워 있다는 것처럼 들리기 때문이다.

하지만 실제로는 여느 때처럼 멀쩡하게 보일러실에서 일하고 있는 중이었다. 아까 지나가다가 봤으니 확실했다.

"나중에 설명하겠습니다. 아무튼 다행이네요. 두 개로 끝났으니까요."

"두 개라니?"

"제가 한 거짓말이요. 병원에 다녀왔는지, 쉬고 있는지 물어보셨죠. 다른 건 대충 얼버무렸지만."

무슨 말인지 모르겠지만, 지금은 바쁜 시간대라 어쨌든 나중에 물어보는 수밖에 없다.

카운터에서 입욕권이나 요금을 받고, 잔돈을 거슬러주고, 수다스러운 손님과 너무 길지도 또 너무 짧지도 않게 잡담을 나누고, 틈틈이 걸려오는 전화를 받는다.

파도를 가르듯 응대를 마치고 어느새 손님들이 빠져나가면, 평소와 다름없는 유유자적한 시간이 찾아온다.

그 시간 동안 카운터 옆에 서 있는 엘렌에게 무슨 일이 있었는지 들을 수 있었다.

"뭐, 습격당했다고?"

그날 오전, 두 사람이 출근할 때 벌어진 일이었다.

언덕길에 접어들 즈음, 수풀 옆에 자리한 큰 맨션 앞을 지나던 글렌의 머리 위로 무언가가 떨어졌다.

재빠르게 한쪽 손으로 막고 확인해보니 땅에 떨어진 물체는 작은 스킬릿 — 손바닥에 들어갈 만한 사이즈의 프라이팬이었다. 크기에 비해 무척 무거운, 그런 게 높은 곳에서 떨어졌다는 것이다.

"맨션 위층에서? 베란다에서 요리라도 하려다 떨어트렸나?"

몰상식하기 짝이 없는 이야기다. 이소베 씨가 아까 그 맨션이 문제가 많다고 했던가.

"마침 지나가다가 목격하신 손님분도 리오 씨처럼 이렇게 걱정해주셨던 거죠."

"당연히 걱정하겠네. 그런 게 머리에 떨어졌으면."

"인간이라면 높은 확률로 죽었겠지만." 엘렌은 긴 속눈썹을 움직이지도 않고 선뜻 말했다. "오빠는 오른손 약지와 새끼손가락만 살짝 부서져서……."

"뭐어?!"

"그렇게 큰일은 아닙니다." 엘렌은 아무렇지도 않다는 듯 가녀린 손을 내저었다. "손가락 정도면 한 달 안에 재생되고, 지금 상태로도 업무에 지장은 없습니다. 손가락 세 개만 남아 있어도 웬만한 물건은 들 수 있으니까요."

하긴 마물이니 걱정해야 하는지, 하지 않아도 괜찮은 건지 갈피를 잡을 수가 없다.

"그렇긴 해도." 엘렌은 약간 목소리를 낮추며 덧붙였다. "죄송하지만, '불'을 이쪽으로 가져오는 건 아무래도 좀 어려울 것 같습니다."

월요일 밤마다 하던 일 ― 삼촌을 불러내기 위해 '불'의 일부를 욕탕에 가져오는 건 당분간 힘들다고 한다. 양손에 담아서 가져오기 때문에 하나면 몰라도 손가락이 두 개나 없으면 틈이 생겨 옮기기 어렵다는 것이다.

"그래서 적어도 2, 3주 정도는 스나다 씨를 불러낼 수 없어요."

삼촌을 만날 수 없는 건 슬픈 일이지만, 영원히 그렇다는 건 아니니 잠깐 참으면 된다.

"그래서 그게 사고가 아니고 습격이었다?"

"예전에 초월자들의 대립에 대한 설명은 드렸을 겁니다. 그 반대 세력의 짓이겠죠."

"글렌을 죽이려고 했다는 거야?"

"가능성은 있어요. 정확하게 머리를 노렸으니까요." 엘렌은 고개를 끄덕이며 덧붙였다. "그렇다곤 해도 인간이 아니란 사실을 알고 있기 때문에 강도를 테스트하는 정도였을지도 모릅니다."

테스트라니. 강도는 또 뭐야.

"어쨌든 글렌이 괜찮다니 다행이다."

"네." 엘렌이 고개를 끄덕였다. "어쨌든 그 손님과 뵙고 얘기도 나눌 수 있었고요. 그리고 거짓말도 두 개밖에 안 했고."

그러고 보니 아까도 그런 소리를 했다.

"아까부터 그건 무슨 말이야?"

"저희 마물들은 하루에 세 번까지만 거짓말을 하도록 정해져 있거든요. 그 안에서 끝낼 수 있었다는 말입니다. 저희가 카운터에 앉기 어려운 것도 그런 이유예요. 저희에 대해서 묻거나 하면 거짓말 한두 개로 끝나지 않으니까요."

글렌과 엘렌의 '내성적'인 성격에는 아무래도 그런 사연이 있었던 모양이다.

"아무튼 '불'은 그들의 약점이라서 불에도, 또 불이 타오르고 있는 시설에도 직접 손을 댈 수 없어요. 우리 '행운 목욕탕'이 공격받는 일은 없을 테니 두 분은 마음 편히 지내시면 됩니다."

"그럼 글렌하고 엘렌은?"

글렌과 엘렌, 특히 '불'을 다루는 글렌을 공격하는 일은 또 벌어질 수도 있다는 말로 들린다.

"그런 일이 있을 수도 있겠지만, 오빠는 튼튼하고 전 순발력이 좋은 편이라서 걱정하실 필요 없어요. 그리고 앞으로는 둘 다 조심할게요."

자신감 넘치는 목소리, 부드러운 손동작으로 엘렌은 내 걱정을 멀리 밀어냈다.

엘렌의 설명에도 사오는 앞으로의 전망에 관하여 본인의 의견이 있는 듯했다.

정기휴일인 이튿날, 숲속에서 쓰러진 나무 위에 걸터앉은 동생이 입을 열었다.

"글렌하고 삼촌 말이야. 둘을 같이 놓고 보면⋯⋯."

"삼촌?"

사오가 말하는 건 물론⋯⋯.

"삼촌이 돌아가셨을 때 말하는 거지? 사다리에서 떨어져서."

삼촌한테 들었던 건 이미 다 말했다. 글렌과 엘렌한테는 비밀이라고 했지만, 사오 얘기는 없었으니까.

응, 하고 사오는 고개를 끄덕였다. "두 사건에 공통점이 있는 거 같지 않아?"

"공통점?"

"삼촌이 사다리를 타고 올라간 건 지붕에 뭔가 걸려 있었기 때문이야."

바람에 날린 천이라고 했었다. 그 천은 현장에 남아 있었던 것 같고, 기도 변호사님의 증언과 보내주신 서류에도 등장했다.

"그리고 글렌은 하늘에서 묵직한 프라이팬이 떨어져서 머리에 맞았지."

"엘렌이 맨션의 창문이나 옥상이었을 거라고 하던데."

"엘렌이 말했어? 언니가 말하고 엘렌은 그냥 대답한 거 아니고?"

그랬을지도 모르지만, 과연 별 차이가 있을까.

"그건 일단 그렇다 치고. 양쪽 사건은 모두 '높은 곳'이랑 관련이 있어."

사오가 말을 멈추자 나는 뒷말을 기다렸다.

산들바람에 사오의 머리칼이 날린다. 이 언덕 주변은 언제나 아침저녁으로 특이한 강풍이 분다. 정기휴일에도 바람은 불지만, 평소보다 훨씬 잔잔한 걸 보면 삼촌의 말처럼 글렌과 엘렌이 하는 일과 관련이 있을 것이다.

"그렇다면 혹시 이건……."

"뭔데?"

"이건 언니가 말하는 '동화'일지도 몰라. 게다가 생각해 보면 모순되거든."

"모순? 삼촌이 사다리에서 떨어진 것도 사고가 아니라, 사건이란 말이야?"

"당연히 그렇게 볼 수도 있잖아. 경찰 상관없이."

경찰이 틀리는 일도 있을 것이다. 일반적인 경우에도 그럴 테고, 하물며 이번 경우는 만약 사건이라면 인간의 지각을 초월한 존재나 마물이 얽혀 있을 가능성이 크니까.

"근데 삼촌은 자기가 떨어졌다고 했잖아. 지붕에 걸린 천을 잡으려고 손을 뻗었을 때 그랬다고."

그렇게 말하고 나서야 사오가 하려는 말을 짐작할 수 있었다.

"그게 다 함정이라는 거구나. 누가 지붕에 일부러 천을 걸어놓고, 삼촌이 사다리에 올라가서 손을 뻗었을 때 그 향수 냄새를 풍긴 거야. 그렇게 정신이 팔린 삼촌이 사다리에서 떨어지게 만든 거고."

"뭐, 비슷해." 사오는 어깨를 으쓱했다. "근데 생각해봐."

"응?"

"그런 일을 하려면 당연하지만, 삼촌의 고등학생 시절을 알고 있어야 해. 게다가 당연히 그 향수가 있어야 하고. 그러려면 삼촌한테 옛날 얘기를 들었을 뿐만 아니라 또⋯⋯."

"또?"

"그 향수 이름을 모르면 구할 수 없어."

향수 이름. 삼촌이 뭐라고 했더라?

"그때 분명히 무슨 땡땡 어쩌고……."

"거봐, 삼촌도 모르는 거야." 사오는 날카롭게 지적했다. "그걸 제대로 말할 수 있는 건……."

"기도 변호사님?"

그렇다. 변호사님이 삼촌이 말한 케이스 디자인을 듣고 "그럼 이거죠."라고 말했던 것이다. 선생님이 제대로 알려 줬겠지만 삼촌은 브랜드 이름을 잘 모르고, 향수 이름도 아마 프랑스어라 낯설었을 것이다.

삼촌에게 옛날 얘기를 들은 사람은 또 있을지도 모른다. 하지만 그렇게 많지 않을 테고, 그중에서 케이스 디자인으로 향수의 브랜드나 이름을 특정할 수 있는 사람은 더욱 흔치 않을 것이다.

"기도 변호사님이 수상하다는 거야?"

기도 변호사님은 땅에 쓰러져 있는 삼촌을 발견해서 구급차를 부른 사람이다. 이른바 첫 발견자 — 미스터리 소설이나 드라마에서는 용의자 선상에 첫 번째로 오르는 역할 아닌가.

"그렇다고 하고 싶지만, 모순이 있어."

"아까도 그랬잖아. 무슨 말이야?"

"이런 거지. 변호사님은 향수의 이름을 알고 있었지만,

동시에 삼촌의 병도 알고 있었어."

"응?"

허를 찔린 듯했다. 그 말은…….

"시한부 선고를 받게 된 삼촌이 유언도 맡기고, 가족을 찾아달라고 했잖아. 즉 선생님은 사정을 잘 알고 있었어. 삼촌은 앞으로 몇 달 후면 가만둬도 돌아가신다는 걸 말이야. 본인이나 의사를 제외하고는 가장 속속들이 알고 있던 사람이었겠지."

사오는 분명하게 말했고, 나도 이야기의 요점은 파악할 수 있었다.

삼촌의 죽음이 사고가 아니라 누군가의 조작이라면, 향수에 대해 알고 있었고 발견자였다는 점에서 기도 변호사님이 수상하다.

그렇지만 변호사님은 삼촌의 수명이 얼마 남지 않은 — 사오의 표현을 빌리자면 '가만둬도' 머지않아 돌아가신다는 걸 잘 알고 있는 인물이기도 하다.

만약 그렇다면 일반적으로 봤을 때, 그런 사람이 삼촌을 일부러 죽이려고 했을까?

"삼촌도 그렇고 글렌도 타이밍이 마음에 걸려. 이유를 모르겠어. 삼촌도 삼촌이지만, 글렌도 마찬가지야. 반대편 세력에서 보면 우리 목욕탕도 그렇고, 글렌이 불을 다루고 있다는 것도 전부터 알고 있었던 거잖아?"

언젠가 했던 엘렌의 얘기로 미루어보면 그럴 것이다. 하긴 그렇다면, 왜 지금일까?

많은 것들이 애매했다. 삼촌의 죽음은 역시 사고였고, 향수 냄새가 났다는 건 삼촌의 착각이나 그냥 우연일까?

그리고 우연이라면 사오가 말한 두 사람의 공통점, 모두 '높은 곳'이랑 관련이 있다는 것도 그저 우연인 걸까?

뭐, 후자는 '우연'이라고 하기에는 관련이 너무 없겠다. 나는 그렇게만 생각이 들었다.

그로부터 며칠 후, 미무라 씨가 '행운 목욕탕'에 모습을 보였다.

상처는 거의 아물었는지, 평소와 다름없는 얼굴로 여느 때처럼 밤늦게 와서, 여느 때처럼 인사를 건넨다.

"안녕하세요." 한마디만 건네며 천막을 지나갔지만, 목욕을 마치고 나갈 때는 평소와 조금 다른 느낌이었다.

"저기요."

뭔가 마음에 걸리는 게 있는 것 같은 얼굴로 미무라 씨는 나를 향해 말을 걸었다.

"네."

내가 대답하자 그는 눈치를 살피듯 망설이더니 아닙니

다, 라는 말만 남기고 나가버렸는데, 나중에 문자가 왔다.

"알려드릴 게 있는데, 괜찮으시면 전화 부탁드립니다."

나는 집에서 그걸 읽고 미무라 씨의 태도를 떠올렸다. 들어올 때는 괜찮았는데 나갈 때는 어딘가 이상했다. 욕탕에 들어가 있는 사이에 무슨 일이 있었던 걸까.

"번거롭게 죄송해요." 전화를 받은 미무라 씨의 목소리가 말했다. "실은 조금 전에 탈의실에서 언뜻 들었는데요."

"뭐죠?"

"어떤 분이 아내에게 들은 얘긴데, 목욕탕에서 근무하는 직원분 ─남자분이 길을 갈 때 머리 위로 물건이 떨어지는 사건이 있었다고요."

"직원이 다친 건 맞는데. 그 손님이 사건이라고 말했나요?" 나는 신중하게 물었다.

"아뇨, 그분은 사고라고 하셨습니다."

미무라 씨는 잠시 말을 멈추었다.

"사건일 가능성이 있다고 제가 생각하고 있을 뿐이에요. 다른 일도 고려해봤을 때, 앞서 제게 일어났던 일이요."

"미무라 씨에게 일어났던 일이요?"

"지난주에 목욕탕에서 나오는 길에 가게 앞에서 넘어졌다고 했죠."

상처투성이가 된 얼굴이 눈에 선하다.

"네."

"사실 그날 넘어진 게 아니에요. 뒤에서 등을 세게 미는 바람에 중심을 잃고 바닥에 쓰러졌어요. 누가 등을 밀었다기보다 들이받았죠. 목욕탕 건물을 나서자마자 어둠 속에 숨어 있던 누군가가 분명한 의도를 가지고 들이받았습니다."

"예?"

나는 갑자기 얼빠진 소리를 냈다.

만약 그렇다면 대체 어떻게 된 걸까?

지난주에 글렌에게 일어난 갑작스러운 사고, 그보다 며칠 전에 있었던 미무라 씨의 부상, 그리고 몇 달 전에 벌어진 삼촌의 죽음을 둘러싼 정황까지.

내용도 심각성도 각기 다른 이 우연들이 모두 '사건'인 걸까?

게다가 각각 관련이 있는?

그런 일이 있을 수 있을까……?

7

"어머, 고지마 씨. 전에 댁 앞을 지나가다 보니까⋯⋯."

단골손님들로 붐비는 이른 오후의 대기실. 다치바나 씨와 대화를 나누고 있던 오오니시 씨가 남탕에서 나온 고지마 씨에게 말을 건다.

"잘생긴 총각이 사모님이랑 얘기하던데 누구야? 훤칠한 게 배우 같던데."

하여간 할머니들은 '훤칠한 남자'를 좋아한다. 나도 마찬가지긴 하지만 ─ 그런 생각을 하며 멍하니 듣고 있자 고지마 씨가 입을 열었다.

"배우인지 뭔지, 정장 입은 젊은 남자면 집에 서류 받으러 온 변호사 사무소 사람이겠지."

평소와 다름없이 당연하다는 듯한 말투인 고지마 씨의

답변에 나는 가슴이 약간 내려앉았다.

물론 세상에 변호사 사무소는 많고, 젊은 남자 직원도 마찬가지고, 개중에는 잘생긴 사람도…….

"그렇게 인물이 좋아?"

옆에서 다치바나 씨가 끼어들었다.

"그렇다니까. 인상은 좀 무뚝뚝한데 말하다가도 웃으면……."

"웃으면 어떤데?"

"살살 녹는다고 하나? 떡에 뿌리는 꿀 같더라니까."

나는 다시 가슴이 철렁 내려앉았다. 이번에는 훨씬 더.

내가 구라이시 씨의 웃는 얼굴을 뜨거운 토스트 위에 녹아내리는 버터라고 묘사했던 것처럼 방금 그 오오니시 씨의 표현에서 비슷한 뉘앙스가 느껴진다.

구라이시 씨는 '이 근처에 사는 고객'의 집에 가끔 온다고 했다. 옆 동네에서 만났을 때 했던 말이지만, 우리 동네도 충분히 '근처'의 범주에 들어갈 것이다.

이 동네에 고지마 댁을 방문하러 왔고, 돌아가는 길에 나와 옆 동네에서 우연히 마주쳤더라도 별로 이상할 게 없다. 사무실로 돌아가려면 거기서 지하철로 갈아타야 하니까.

그 후에 내게 차를 권했을 때, 우리 동네가 아닌 옆 동네에서 보자고 한 것도 이상할 게 없다. 옆 동네에 사람이 더 많고, 좋은 카페도 많으니까.

즉 오오니시 씨가 목격한 건 구라이시 씨고, 구라이시 씨가 말한 '고객'은 고지마 씨라고 해도 별로 이상할 게 없는 것이다.

구라이시 씨를 만나면 물어봐야겠다. 앞에 있는 손님에게 거스름돈을 건네며 나는 그렇게 생각했다.

화요일과 공휴일이 겹치는 내일, 처음으로 구라이시 씨와 제대로 된 데이트를 하면서.

그 '제대로 된 데이트'의 행선지에 관하여 며칠 전에 구라이시 씨와 전화로 얘기를 나누었다.

두 사람의 휴일이 겹치는 귀중한 하루인데, 구라이시 씨는 저녁에 중요한 볼일이 있어서 멀리 갈 수 없었다.

"영화 어때요?"라고 구라이시 씨가 묻자 이번에는 내가 난감한 티를 냈다.

"아, 지금 보고 싶은 영화가 별로 없어서요."

말은 그렇게 했지만, 모처럼 함께하는 한정된 시간을 상대방 말고 다른 걸 바라보며 보내기에는 아쉽다, 라는 게 본심이었다.

같은 이유로 미술관도 패스다. 수족관, 동물원도 마찬가지다. 특히 동물원은 동물들이 불쌍한지, 행복한지를 놓고 학창 시절 남자친구와 다툰 적도 있다.

그렇다고 해서 근처 공원을 산책하는 것도 너무 평범한 느낌이긴 하다.

"뭔가 좀 더 이벤트적인 요소가 있는 게 좋으려나."

구라이시 씨의 말에 "그럼 놀이공원 어때요?" 하며 반은 농담 삼아 제안했다.

"그것도 재밌겠는데요?"

구라이시 씨가 좋아하는 반응이라 살짝 놀라웠다. 좀 애들 같긴 하지만 — 그래도 재밌을지도 모른다. 놀이공원도 오랜만이고.

그렇긴 하지만 까다로운 행선지이긴 하다. 흔히 말하는 '악 소리 나는 놀이기구'를 좋아하는지에 따라 행동 패턴이 뚜렷하게 갈리기 때문이다(참고로 나는 굳이 고르자면 좋아하는 편이다).

"무서운 놀이기구 괜찮아요? 높은 곳에서 떨어지는 거나."

내 질문에 한순간 정적이 흘렀고, 사실 잘 타지 못해서 당황했나 싶었는데…….

"아, 그런 놀이기구 종류는 얼마든지요."

구라이시 씨는 평소처럼 웃고 있을 게 눈에 그려지는 느긋한 목소리로 덧붙였다.

"전 괜찮아요. 오히려 잘 타는 편이에요."

"다행이다. 저도 잘 타는 편이에요."

"뭐, 누가 더 잘 타는지는 가보면 알겠죠?"

푸르스름한 하늘 한편에 자리한 흰 구름, 간간이 부는 바람이 매섭다.

겨울이 오는 소리가 들리는 것만 같은 날씨 탓인지, 휴일임에도 불구하고 한적한 분위기.

좀 과한가 싶은 두터운 코트를 입고 갔지만, 도착하고 보니 오늘 날씨에 딱이었다.

구라이시 씨는 팔꿈치에 패치가 달린 트위드 재킷, 평소보다 편한 복장이다. 함께 출입구를 통과하고는 자, 하고 약간 놀리듯 이쪽을 보며 입을 연다.

"먼저 가볍게 롤러코스터라도 탈까요?"

그 말을 들은 순간, 나는 엄청난 상대를 엄청난 장소로 불러냈다는 생각이 들었다.

스스로 그런 종류의 놀이기구를 '잘 타는 편'이라고 생각하지만, 세상에는 그런 수준을 훨씬 뛰어넘는 사람들이 있다는 걸 알고 있다. 그런 사람들을 위한 놀이기구가 있다는 것도. 이 놀이공원에는 그렇게 과격한 건 없었던 것 같긴 하지만…….

일단 둘이서 롤러코스터를 타기로 했다. 보통 수준의, 즉 도중에 한 바퀴 휙 돌거나 하지 않는 '가벼운' 종류로.

첫 번째 경사를 올라가는 동안 들려오는 달그락거리는 톱니바퀴 소리의 리듬이 초반에는 심장박동과 비슷하더니 점차 심장이 뛰는 속도가 더 앞질러 갔다.

끝까지 올라간 뒤 급강하한 롤러코스터는 질주하면서 커브를 돌고, 다시 언덕을 오르고 또다시 급강하를 하고…….

"어땠어요?"

놀이기구에서 내린 뒤, 머리가 살짝 헝클어진 구라이시 씨가 내 얼굴을 들여다보면서 물었다.

"재밌네요."

억지 미소도 아니었고, 괜찮은 척도 아니었다.

하지만 곧이어 공중에서 회전하는 롤러코스터를 탔을 때는 미약한 어지러움과 함께 희미한 '공포'를 느꼈다.

스무 살 때는 안 그랬는데.

나이를 먹었다고 생각하고 싶진 않다. 그렇지만 '어른이 됐다'는 말에 걸맞게 스무 살이 어린애처럼 느껴지지도 않는다.

아니면 역시 나이 탓인 걸까.

구라이시 씨의 얼굴을 훔쳐보니 나이가 살짝 더 많을 텐데, 아주 멀쩡하다.

"이제 뭐 타러 갈까요? 좌우로 흔들리는 거랑 위에서 확 떨어지는 거, 먼저 뭐 타고 싶어요?"

어떡하지? 하며 내가 머뭇거리자 "농담이에요." 하고 모른다는 얼굴로 구라이시 씨가 물었다. "잠깐 쉴까요? 조금 이르지만 간단하게 먹어도 되고."

그렇게 천천히 돌아다니다 레스토랑에 들어갔다.

밖이 추워서 매장은 따뜻하게 난방을 틀어놓았다. 간단하게 배를 채우다가 문득 생각이 났다.

"맞다. 구라이시 씨가 자주 보러 가는 고객 말인데, 고지마 씨라는 분 아니에요?"

"네, 맞아요." 구라이시 씨는 눈썹을 들어올리며 응했다. 역시 맞구나.

"저희 목욕탕에 다니시거든요. 어떤 손님이 저번에 왔던 사람은 누구냐고 물어보니까 변호사 사무소 사람이라고 해서."

그 말만으로는 대화를 듣고 내가 어떻게 구라이시 씨를 떠올렸는지 알 수 없다.

자세히 설명하려면 오오니시 씨가 사용한 '훤칠하다' 등의 표현을 언급할 수밖에 없어서 나는 설명하지 않았고, 구라이시 씨도 특별히 더 묻지는 않았다.

만약 구라이시 씨와 옆 동네가 아닌 목욕탕 근처에서 우연히 만나 어느 찻집에 있었다면 "훤칠한 총각하고 차를 마시던데 누구야?"라는 소리는 내가 듣게 됐을지도 모른다.

레스토랑을 나와 산책하며 작은 오솔길이 있는 숲에 다다랐을 무렵, 구라이시 씨가 갑자기 멈춰서더니 반쯤 낙엽이 진 나뭇가지를 올려다봤다.

"왜요?"

"아, 신기해서요. 요즘엔 도시에도 있다고는 하던데."

"네?"

"저기 있는 새요."

가리키는 방향을 보니 정말 처음 보는 새가 있었다.

내가 자신 있게 맞출 수 있는 새는 참새나 비둘기, 까마귀 정도지만 그 새는 그 무엇과도 닮지 않았다. 크기는 비둘기 정도 되는 것 같은데, 매와 비슷한 생김새다.

곧바로 경계하며 몸을 일으키는 모습, 날카로운 눈과 끝이 구부러진 부리, 가슴의 물결무늬까지.

"크기가 작지만 맹금류인 조롱이라는 새 같은데, 그 암컷이네요."

"어떻게 구별해요?"

"가슴의 무늬도 다르지만, 보통 눈을 봐요." 구라이시 씨는 술술 대답했다. "눈이 노랗잖아요? 수컷은 빨갛거든요."

솔직히 눈이 어떤 색인지 보이지는 않지만 놀라웠다. 수 컷과 암컷의 날개 색이 다른 건 신기하지 않다. 그건 흔하다 는 걸 아니까. 부리 색이 달라도 놀랍지 않을 것이다.

하지만 눈으로, 그것도 빨간색과 노란색처럼 완전히 다 른 색으로 수컷과 암컷이 뚜렷하게 구분된다니.

"새를 잘 아시나 봐요."

"아뇨, 그 정도는 아닙니다."

"눈이 빨간색인 새는 별로 본 적이 없는 거 같아요."

"그렇죠. 많이 없어요. 보통 물새나 아니면……."

걷기 시작하는데 혼잣말처럼 내뱉은 구라이시 씨의 뒷 말이 궁금해졌다.

"아니면 뭔데요?"

"아니면 제 꿈에 나오는 새가 그렇죠."

"꿈에……."

"네, 커다란 새인데 온몸이 짙은 보랏빛이 도는 회색에 눈은 빨갛게 이글거리거든요."

왠지 좀 섬뜩한 느낌이 든다. 구라이시 씨는 고개를 희 미하게 저었다 — 떠올리자 무서워진 듯, 그 이야기를 한 걸 후회하는 것처럼 보이기도 해서 그 이상은 설명하지 않을 것 같았다.

그리고 나서 놀이기구를 (악 소리가 나는 것도, 나지 않는 것도) 몇 개 탄 다음…….

"모처럼 왔으니까 관람차 타러 갈까요?"

구라이시 씨의 권유에 나는 아무렇지도 않게 좋아요, 라고 답했지만 솔직히 살짝 긴장이 됐다.

데이트 코스 중에서 관람차라고 하면 드라마 같은 데서 키스를 하는 곳이다. 하지만 실제로 해본 사람은 별로 없지 않을까.

내 친구 중에는 없을 것 같지만, 나도 친구가 그렇게 많은 편은 아니고 설문조사를 해본 것도 아니기 때문에 실제로 어떨지 알 수는 없다.

어쨌든 대낮이고, 구라이시 씨의 평소 분위기로 미루어 봐도 그런 일은 없을 것 같다.

경계하는 것은 아니다. 오히려 그래도 괜찮다 싶은 심정이지만, 기대하고 있는 것처럼 보이는 것도 좀 난감하다.

그런 생각을 하는 사이에 우리 차례가 됐고, 우리는 붉은색 관람차에 올라탔다.

"꼭대기에 올라가면 후지산이 보일 때도 있나 봐요." 구라이시 씨가 말했다.

"오늘은 좀 어렵겠네요."

아까는 하늘 한편에 걸려 있던 구름이 조금 전부터 세력을 넓혀 잿빛으로 변하고 있었다.

그런 대화를 이따금 주고받으며 꽤 높이 올라왔을 때는 주변이 어두워졌을 뿐 아니라 물방울이 유리창에 얇은 줄무늬를 그리기 시작하고 있었다.

"갑자기 이러네요. 조금 전까지만 해도 날씨가 좋았는데."

"그러게요. 어쩔 수 없죠."

구라이시 씨가 달래듯이 말했다.

나는 욕심이 많은지도 모른다. 구라이시 씨와 이렇게 마주 보고만 있어도 행복한데 멋진 뷰까지 바라다니.

하지만 좀처럼 누리기 어려운 행복한 시간이기에 무심코 많은 걸 바라게 된다.

아까는 화창했는데 하필 지금 비가 오다니. 후지산은 볼 생각도 안 했지만 그래도 — 약간 억울해진 기분으로 유리창 너머에 맺힌 물방울을 손가락으로 덧그렸다.

그때 갑자기 관람차가 흔들려 돌아보자, 바로 옆에 와 있던 구라이시 씨가 한 손으로 내 얼굴을 살짝 들고는 몸을 구부려 키스했다.

짧은 키스. 진하진 않지만 가볍지도, 인사처럼 건네지도 않는다.

입술이 떨어지자 구라이시 씨는 가볍게 뒤로 가서 앉고, 그대로 잠시 서로를 바라보았다.

구라이시 씨의 얼굴에는 부드러운 미소, 내가 좋아하는 '녹는 듯한' 미소가 아닌 살짝 결이 다른 — 다정함과 오만함이 섞인 것 같은 남자의 미소가 떠올라 있는 느낌이다.

빨려 들어가듯이 응시하는 내 얼굴이 어떤 표정이었는지 알 수는 없다.

"아직도 비가 오네요." 아무 일도 없었던 것처럼 건네는 구라이시 씨의 말에 그러게요, 하고 그저 열심히 맞장구를 쳤다.

"아, 그래도 아까보다 비가 좀 그친 것 같죠."

"그러게요."

그렇게 생각나는 말을 아무렇게나 주고받으며 시간은 흘러, 어디로도 향하지 않는 여행을 마친 관람차가 출발 장소로 돌아갔다.

관람차에서 내리자마자 심술궂은 빗줄기는 그치더니, 구름과 함께 어디론가 사라져버렸다. 남은 것은 비에 젖은 땅바닥뿐이었고, 우리는 그 위를 걸으며 놀이공원을 뒤로했다.

구라이시 씨의 저녁 약속까지 시간이 좀 남아서 조용한 곳에서 차를 마시기로 하고, 가는 길에 있는 호텔의 로비 라운지로 향했다.

연세가 있는 손님들이 많아서인지 실내가 따뜻하다. 옷

이 얇은 나는 코트를 벗으면 적당한 온도였지만, 구라이시 씨는 그렇지 않을 것 같았다.

오늘 같은 날씨에 저런 트위드 재킷은 밖에서는 바람에 춥고, 안에서는 난방에 덥지 않을까. 그렇지만 소파에 다리를 꼬고 앉아 있는 구라이시 씨는 재킷을 벗지 않는다. 생각해보면 볼 때마다 항상 슈트를 입었고 웃옷을 벗은 걸 본적이 없다.

그런 구라이시 씨의 이야기, 이번에야말로 본인에 관한 이야기를 듣고 싶었다. 태어난 곳이나 어렸을 적 이야기, 학창 시절, 좋아하는 음식이나 음악, 뭐든지 다.

하지만 지난번처럼 어느샌가 요즘 하는 일이나 상사인 기도 변호사님에 관한 대화를 나누고 있었다.

"그러고 보니 변호사님에게 정말 도움을 많이 받았네요. 목욕탕 일도 그렇고……."

나는 좀 더 일찍 했으면 좋았을지도 모르는 감사 인사를 전했다.

"삼촌이 돌아가셨을 때도 선생님이 그 자리에 계셨는데……."

"아, 사고로 돌아가셨을 때 발견하셨죠. 추리소설이라면 사고가 아니라 사건이고, 변호사님이 범인이겠지만……."

그는 다소 조심성 없이 그 이야기를 짐짓 농담처럼 이야기했다.

나는 괜찮아요, 하며 말을 받았다. "변호사님이 그러실 리가 없어. 삼촌이 시한부라는 걸 알고 계셨으니까, 라고 사오가 말하더라고요."

"그렇군요. 그건 저도 해당되네요." 구라이시 씨는 마찬가지로 말을 받더니 물었다. "그런데 동생분이 그런 말을 했어요?"

"동생은 예리한 면이 있어서 명탐정을 목표로 하고 있거든요."

그런 이야기를 하는 동안 약속 시간이 돼서 우리는 자리에서 일어났다.

걸음을 옮기자, 로비 안쪽에 풍성한 하얀 드레스와 말쑥한 턱시도 차림의 커플이 눈에 띄었다.

"아, 결혼식이 있었나 보네요."

하객과 담소하는 두 사람을 보며 구라이시 씨가 지나가듯 말했다.

"멋지네요." 나도 자연스럽게 대꾸했다. "맹세했겠네요. 아플 때나 건강할 때나 사랑하겠습니다, 하고."

마지막 말은 혼잣말이었지만, 구라이시 씨의 귀에 들어간 것 같다.

"그러고 보니 아까 말한 결혼식 서약이요."

둘이서 역을 향해 걸어가며 구라이시 씨가 말했다.

"목사님이 말하고 신랑 신부가 동의를 하죠. 꽤 길었던 것 같은데."

"그렇죠."

"맹세한다는 대답은 마지막에 한 번만 하나요? 아니면 중간에도?"

"아마 마지막에 한 번만 할 거예요."

"아, 그래요. 편하고 좋네요."

그런 것보다 내게는 해줬으면 하는 말이 있었다. 맹세도 아니고, 아무것도 아닌 더 단순한 한마디.

물론 내가 해도 상관없지만, 말을 꺼내지 못한 채 역에 도착했다.

"그럼, 다음에 또 봐요. 조만간 시간 내서요."

"네, 좋아요."

내가 좋아하게 되는 사람은 대부분 좀 담백하고, 헤어질 때는 약간 쌀쌀맞은 편이다.

그래서 이런 기분이 드는 건 익숙할 텐데.

우리는 그대로 각자 반대 방향의 승강장으로 향했고, 나는 잠시 걸음을 멈추고 멀어져가는 뒷모습을 바라보았다.

언덕길을 올라 집으로 향했다. 현관을 들어서니 맛있는

냄새가 나를 맞이했다.

"왔어? 오늘 양배추롤 했어."

"간장 넣어서?"

"응." 사실 물어보기 전에 답은 알고 있었다.

사오의 양배추롤은 깔끔한 콩소메와 토마토 그리고 간장, 이렇게 세 가지 버전이 있는데, 간장을 넣어 만드는 건 양념이 살짝 걸쭉하다. 전부 다 맛있지만 이 메뉴만큼은 달달하고 감칠맛 나는 간장을 넣은 버전을 가장 좋아한다.

"맛있겠다. 고마워."

"오늘 밖에 춥잖아."

맞다. 추운 날 밖에 나갔다 와서 먹으면 참 맛있는 요리다. 그렇다고 일도 아니고 데이트를 하고 오면서 동생이 차려준 저녁밥을 먹는다는 건 마음이 편한 일은 아니지만.

식탁에 앉아 사오와 함께 양배추롤을 먹었다. 지난번에 구라이시 씨와 만나고 왔던 날의 살벌한 저녁 식사와는 영 딴판이다.

그날의 동생은 이상했지만, 오늘은 완전히 다른 의미에서 좀 이상할지도 모른다. 묘하게 다정하달까, 신경을 쓰고 있달까.

"오늘은 어땠어? 놀이공원 간 거야?"

"응."

"재밌었어?"

"응."

아마 초등학교 이후로 놀이공원에 가지 않았을 동생에게 나는 오늘 있었던 일을 이야기했다. 너무 좋아하는 티가 나지 않게 조심하면서.

놀이공원에 사람이 얼마나 많았는지, 우리가 탄 놀이기구나(관람차에서의 일은 생략하고) 호텔 라운지에서 차를 마신 것도 말했다.

"호텔 로비에 신랑 신부가 있었어."

"그래?"

"전에 아플 때나 건강할 때나, 라는 말이 나왔던 게 생각난 거야. 그랬더니 구라이시 씨가……."

구라이시 씨가 나에게 물어본 걸 사오에게 얘기했다. 목사님의 말에 '맹세합니다'라고 마지막에 한 번만 하는지 아니면 중간에도 하는지 물어봤다고.

"한 번만 하는 것 같다고 했더니 그러냐고 하더라고. 좀 안심한 것처럼 보였어."

나도 좀 이상하다는 생각에 그 이야기를 꺼냈을 것이다. 구라이시 씨는 왜 그런 소리를 했을까.

사오는 찐 양배추와 다진 고기를 젓가락 끝으로 자르면서 말없이 내 이야기를 듣더니 언니, 하고 부른다.

내 얼굴을 들여다보며 아주 따뜻한 목소리로 물었다. "그 사람 좋아해?"

나는 순간 허를 찔렸지만 "응. 좋아해."라고 선뜻 구라이시 씨에게 할 수 없었던 말을 동생에게 건넸다.

"그럴 거 같았어." 사오는 고개를 끄덕였다. "그럼 그 사람은?"

"그 사람?"

"세무서 사람. 미무라 씨."

잠시 대답하지 못하고 가만히 있자 사오가 입을 열었다.

"그 사람은 언니를 좋아해."

나 자신도 어렴풋이 느끼고 있던 것을 사오가 단언하듯이 말했다. 어떻게 응해야 좋을지 잠시 생각한 다음 솔직하게 말했다.

"미무라 씨도 싫지 않아. 어느 쪽인가 하면 좋아할지도 모르지. 하지만 구라이시 씨를 좋아하는 마음과는 달라."

"그렇구나."

사오는 입을 꼭 다물고 진지한 얼굴로 고개를 끄덕이더니 그래도, 하고 입을 연다.

"분명히 미무라 씨가 더 좋은 사람이야."

원래 화가 날 수도 있는 말이지만, 나는 화를 내지 않았다. 사오의 말이 맞는지도 모른다, 사실 아마 맞을 것이다. 아까 그 상황에서조차 그런 생각이 내 마음속에 있었으니까.

"혹시 그렇더라도 내가 좋아하는 건 구라이시 씨야."

"그래? 그럼 할 수 없지."

"응."

나는 그렇게 말하고 접시를 테이블 끝으로 밀며 화제를 바꾸려고 했다.

"미무라 씨가 했던 얘기 말이야. 우리 목욕탕에서 나오는데 갑자기 밀쳤다는 거."

이 일은 본인에게 들은 다음 사오에게도 전했지만, 그다지 자세히 얘기를 나누지는 않았다.

일하느라 바쁜 시간이었나? 아니면 내가 말했을 때 사오가 딱히 관심을 보이지 않았던 걸까.

나는 말을 이었다. "그게 진짜면 요 몇 개월 사이에 우리 목욕탕 주변에서 누군가가 습격당하는 사건이 세 번이나 일어났다는 거잖아. 찰과상만 입은 사람도 있고, 그 후에 유령이 돼서 나오긴 하지만 죽게 된 사람도 있어. 손가락이 두 개 없어진 사람도 있고 ─ 뭐, 정확하게 말하면 사람이 아니라서 손가락도 재생되긴 하지만."

다 이렇다 보니 관계자들의 피해 상황을 정리하는 것도 꽤 까다로운 일이었다.

"보면 피해의 심각도나 특징도 다 다르잖아. 근데 전부 우리가 아는 사람들이고, 우리 목욕탕과 관계가 있는 사람들이라니까."

"거기에 미무라 씨도 들어가는 거야?" 사오가 말을 자른다. "관계가 있는 사람이라고 할 정도는 아니지 않아?"

"그렇긴 해도 그냥 손님이 아니라 세무서 사람이야. 경비 내역을 보고 여기가 평범한 목욕탕이 아니라는 걸 대충 알아챘고."

다만 이상한 방향― 범죄 조직이 어쩌고 하는, 엉뚱한 쪽으로 가버린 것 같지만. 뭐, 진짜 정체도 충분히 이상해서 '범죄 조직' 이상으로 터무니없는 이야기일지도 모르겠다.

어쨌든 우리는 미무라 씨 사건도 포함해 시간순으로 정리해보기로 했다.

⊘ 삼촌 (여름)

목욕탕 지붕에 걸친 사다리에서 떨어져 목이 부러지며 사망했다.

지붕에 걸린 천을 잡으려고 손을 뻗었을 때, 향수 냄새를 맡고 순간적으로 정신을 빼앗겨 균형을 잃었다.

⊘ 미무라 씨 (지난주 주말)

목욕탕을 나오다가 뒤에서 밀치는 바람에 바닥에 넘어졌다.

얼굴 쪽으로 엎어지는 바람에 얼굴 한쪽이 상처투성이가 됐다.

⊘ 미나카타 글렌 (지난주 초)

출근하는 길에 무거운 프라이팬이 머리 위에 떨어졌다.

오른손으로 머리를 막고 손가락을 두 개 잃었다.

"이렇게 보니까 누가 일부러 했다고 확실하게 말할 수 있는 건 미무라 씨뿐이야." 나는 말했다.

심각성을 따지자면 가장 가볍다고 할 수 있다 — 피해자는 넘어졌을 뿐이고, 애초에 본인이 손으로 땅을 짚었다면 그렇게 얼굴에 상처가 많이 나지 않았을 수도 있다.

하지만 사건성(이랄까)으로 보면 가장 높다고 할 수 있다.

나머지 둘은 더 심각하지만, 사고일 가능성이 있다. 삼촌의 경우는 누가 그런 식으로 계획한 것도 아니고, 그냥 본인이 실수로 떨어졌는지도 모른다. 글렌은 누가 어쩌다가 프라이팬을 떨어뜨렸는지도 모른다.

그러나 이렇게 반복되는 경우가 흔히 있는 일이라고 보기는 어렵다.

"언니, 기억하지?" 사오가 진지한 얼굴로 물었다. "전에 내가 말했잖아. 삼촌과 글렌의 사건은 모두 '높은 곳'이랑 관련이 있다고."

그렇게 말했던 기억이 난다. 사오는 계속해서 말했다.

"사고가 아니라 누군가의 고의였다면, 그 누군가는 높은 곳에 올라가야 했을 거야. 삼촌은 천을 지붕에 걸어야 하고, 글렌의 경우는 프라이팬을 떨어뜨려야 하니까."

"그렇겠네."

"글렌 쪽은 쉬워. 맨션 주민이면 자기 집의 베란다를 쓸 수 있고, 아니더라도 근처에 있는 나무에 올라가면 어떻게든 되겠지. 그렇지만 우리 목욕탕의 커다란 지붕은? 근처에 높이가 비슷한 나무가 없지? 거기에 뭘 걸려면 삼촌이 한 것처럼 사다리를 타고 오르는 수밖에 없어. 게다가 밤이어야 하고."

사오가 하려는 말은 대충 알 것 같았다. 외부인에게는 꽤 어렵다 — 목욕탕 부지에 들어와야 하고, 큰 사다리를 가져와야 하기 때문이다.

"무선조종 헬리콥터나 드론은?"

"잘은 모르지만 그런 건 밤에 띄우기 힘들고 소음도 있지 않아?"

나도 자세히는 모르지만, 그럴 것 같긴 하다.

"아마 무슨 방법이 있었겠지." 나는 마지못해 말했다. "사람한테는 어렵겠지만, 사람이 한 게 아닐 수도 있으니까."

"뭐, 그렇긴 하겠다."

엘렌이 말하는 '그들'에게도 수족으로 부리는 마물이 있을 수 있다 — 사실, 막상막하에 가까운 전투를 벌이는 중이라면 없는 게 더 이상하다.

"엘렌은 손바닥에서 물줄기를 뿜는다고 했고, 글렌은 무거운 프라이팬에 맞아서 손가락이 떨어져도 멀쩡하잖아. 마물이라는 게 그런 존재고, 그런 존재가 범인이라면 어떻게든 가능하지 않았겠어?"

"그렇긴 한데…… 동기가……."

사오가 말하다 말고 갑자기 입을 다물었다.

"동기?" 나는 납득이 가지 않았다. "만약 목욕탕이 거슬린다면 주인인 삼촌을 어떻게 해보려고 했을 수도 있지."

"그렇지."

"삼촌의 병이나 시한부 선고를 받았다는 건 몰랐을 테고." 친인척이 없는 삼촌은 아마 아무에게도 그런 이야기는 하지 않았을 것이다. "아는 건 기도 변호사님이나 구라이시 씨 정도였을 테니까, 그래서……."

거기까지 말하고 나자 자신이 무언가를 잊고 있는 것 같다는 생각에 사로잡혔다. 전에 분명히 사오랑 얘기한 적이 있는데도 그걸 빼먹고 이번 일을 계속 고찰하고 있는 기분이었다.

뭐였더라. 바로 떠오르지 않고 사오도 지적하지 않자 그런데, 하고 나는 다른 말을 꺼냈다.

"삼촌이나 글렌 사건의 범인은 마물일 수도 있다고 치

241

고."

사오가 말하는 '높은 곳에 올라가야 하는' 사건은 카펫을 타고 하늘을 날거나 늘어뜨린 로프를 타고 올라갈 수 있는 마물의 소행이라고 치고.

"역시 미무라 씨 사건은 종류가 다른 거 같아. 별로 마물스럽지 않달까."

그럼 인간스러운 건가? 속으로 그런 생각을 하며 "따로 놓고 봐야 하나?" 하고 말하자 사오는 잠자코 있었다.

"다른 범인이 다른 이유로 한 일인지도 몰라. 세무서에 있으니까 일 때문에 원한을 사는 일도 있다고 하고. 미무라 씨 사건은 그런 이유일 수도 있겠다. 안 그래?"

"응, 그럴 수도 있겠네."

"그런 일로 미무라 씨를 원망하고 있는 사람이 우연히 목욕탕에서 마주쳐서 몰래 숨어 있었을지도 몰라."

"하긴 그럴지도 모르겠다."

"뭐, 사실 일적으로도 그렇게 원망을 살 만한 타입처럼 보이진 않는데. 자기주장도 많이 안 할 것 같고. 사오는 한 번 잠깐 본 게 다겠지만."

내가 그렇게 말하자 사오는 입술을 꼭 다물고 있다. 어쩐지 상태가 이상하다.

"무슨 생각해?"

"응?"

다시 한 번 묻자, 사오는 내 얼굴을 찬찬히 보더니 말했다.

"내가 마물이 아니라 다행인 거 같아서."

진지한 얼굴로 말했고, 나는 그 의미를 두고두고 생각하게 되었다.

그날 이후로 사오는 어딘가 평소와는 다른 모습이었다.

나를 대하는 태도는 예전처럼 무뚝뚝하기보다 오히려 다정함이 느껴졌다.

새로운 레시피에 도전했을 때도, 맛이 별로라며 혼자 단정 짓는 게 아니라 내 의견은 어떤지 물었고.

평소와 비슷한 것 같다가도, 원래 그렇지 않던 애가 밤을 새우거나 늦잠을 자거나 밥을 태우기도 했고.

먹는 것을 좋아하는 편인데도, 밥을 제대로 먹지 않거나 또 어떤 날은 과자를 흡입하기도 했다.

만약 기회가 됐다면 삼촌에게 의논했을지도 모른다. 인생 경험이 풍부한 삼촌은 뭔가 조언을 해줄 수 있었을 것이다.

하지만 한동안 삼촌은 만나지 못한다. 영업이 끝난 목욕탕에서 희미하게 빛을 발하는 형체, 입술 한쪽 끝이 올라가는 미소를 볼 수가 없는 것이었다. 글렌의 손가락이 원래대로 돌아와 보일러에서 '불'을 가져올 수 있을 때까지 아마 몇 주 정도 동안은.

그렇지만 인생 경험이 풍부한 조언자는 주위에 또 있다.

그걸 깨달은 것은 조언이 나에게 왔을 때 ─ 내가 요청한 것이 아니고, 영업 중인 목욕탕으로 들이닥쳤을 때였다.

"맞다, 어제 동생을 봤어."

나가이 씨가 카운터에 있는 내게 다가오더니 평소처럼 위엄을 풍기며 그렇게 말했다.

"아, 정말요? 어디서요?"

"상가에 있는 채소가게에서."

사람을 좋아하지 않는 사오는 가급적 대화를 할 필요가 없는 슈퍼에서 장을 본다. 기르기 쉬운 채소는 화분이나 뒤뜰에서 재배하거나, 아니면 밖에서 따오기 때문에 상가의 채소가게에는 거의 가지 않는데…….

"혹시 큰 선글라스 쓰고 있지 않았어요?"

어쩔 수 없이 직접 상가로 장을 보러 갈 때는 모자에 선글라스까지 단단히 무장을 하고 간다.

"아니야, 선글라스가 아니고 안경이었어. 크기가 커서 도수 없는 안경인지 딱 알겠더라고."

경계 레벨을 한 단계 낮춘 것 같다. 세상에 대한 불안감이 사라진 걸까, 아니면 불안감은 그대로지만 의도적으로 도전해보고 있는 걸까.

"그렇게 가려도 워낙 눈에 띄니까 유심히 봤더니 목욕탕 집 동생이잖아. 기운이 좀 없어 보이길래 차라도 마시자고 둘이서 찻집에 갔거든."

"정말요?"

나는 깜짝 놀랐다. 사오는 그런 말이 없었다.

나가이 씨는 어렸을 때 우리 집에 오셨던, 사오에게는 엄마 같은 존재인 가정부 아주머니와 약간 닮은 구석이 있다. 친절한 데다 챙기기 좋아하는 면까지 비슷하다.

그런 사람의 제안을 거절하기 어려웠을지도 모르고, 본인이 함께 차를 마시고 싶어서 자진해서 따라갔는지도 모른다.

"전에 같이 목욕하고 나서 신경이 쓰이더라고."

"감사합니다. 마음 써주셔서요."

"물론 억지로 그러는 건 좋지 않겠지만, 동생 같은 성격은 밖으로 나올 수 있도록 살짝 끌어주는 게 좋을 때도 있거든."

"감사합니다." 나는 진심으로 말했다.

"근데 전에 이야기했을 때랑 조금 분위기가 달라졌어."

"실은 저도 그렇게 생각해요." 나는 열심히 고개를 끄덕였다. "그동안 좀 이상하다 싶으면 보통 기분이 안 좋은 거였는데, 이번에는 그게 아니라 기운이 없다고 해야 하나. 새로운 걸 한번 시도해보려고 할 때마다 멈춰서 이래도 괜찮나, 하고 생각하는 것 같아요. 이걸 하면 상대방이 어떻게 생각할까, 고민하는 것 같고. 이런 말 하면 지금까지 아예 그런 생각 자체를 안 했던 것처럼 보이고, 어쩌면 정말 그랬을지도 모르지만요……."

"있잖아."

나가이 씨는 일부러 목소리를 낮추더니 내 쪽으로 몸을 내밀며 말했다.

"동생, 좋아하는 사람이 생겨서 그런 거 아닐까?"

나는 그날 오후 내내 나가이 씨의 말에 적잖이 충격을 받고 있었다.

듣고 보니 맞는 말이고, 실제로 그렇게 보인다는 사실에.

하지만 사오는 열아홉 살이다. 열다섯 살로밖에 보이지 않는다고 해도 말이다. 그리고 진짜 열다섯 살도 좋아하는 사람은 있을 수 있다.

당연히 놀랄 일은 아니지만, 문제는 이거다.

사오가 일상생활에서 호감이 갈 만한 상대를 만날 기회가 있었을까.

물론 사오의 행동 패턴을 내가 모두 꿰뚫고 있는 것은 아니다. 실제로 나가이 씨와 차를 마시러 간 것도 모르고 있었다.

내가 목욕탕에 있는 사이에, 모르는 곳에서 모르는 사람을 만나 호감을 가졌다고 해도 이상하지 않다. 그럴 일은 아마 없을 거라는 생각은 들지만.

사오가 좋아하는 사람은 아마 남성일 것이다. 지금까지 여자를 더 편하게 대했다고는 해도, 연애 감정을 가지고 있는 것처럼 보였던 적은 없었다.

그리고 내가 알고 있는 범위에서 사오가 호의적으로 평가한 남자가 한 명 존재한다.

하지만 그 사람과는 딱 한 번밖에 만나지 않았다 — 그것도 언뜻 얼굴을 본 정도였을 텐데.

첫눈에 반한다고들 하지만, 내가 짐작하는 사람이라면 누가 첫눈에 반할 타입은 아니다.

정말 그 사람일까. 그리고 그 사람과 '한 번 잠깐' 봤을 거라고 말했을 때, 사오가 했던 '내가 마물이 아니라 다행인 거 같아서'라는 말.

그건 도대체 무슨 뜻이었을까.

그런 와중에 구라이시 씨로부터 며칠 만에 연락이 왔다. 오전에 고지마 씨 댁에 들를 예정이니 나중에 늘 보던 찻집에서 만나자는 내용이었다.

"그럼 난 오랜만에 엘렌한테 가볼까?"

사오는 그렇게 말하며 텔레비전을 껐다. 뉴스를 보고 있던 중이었다 — 재산이 많은 남편의 의문스러운 사망에 개입한 혐의를 받고 있던 여성이 드디어 체포되었다고 한다.

사오는 명탐정을 목표로 하는 만큼 사건 관련 뉴스를 자주 보는데, 이런 종류의 사건은 그다지 자신이 있는 분야가 아닐지도 모른다. 나와 함께 집을 나서며 사오가 말했다.

"역시 이런 사건은 여자가 남자한테 저지르는 경우가 많나봐."

"반대도 있겠지." 나는 떠올리며 말했다. "전에 삼촌이 그랬거든. 남자가 여자한테 꿍꿍이가 있어서 접근하는 걸 자주 봤다고, 그런 생각으로 다가가는 건 딱 보면 알 수 있대."

내가 그렇게 말했을 때, 사오는 이미 목욕탕 뒷문으로 안에 들어가고 있었고 나는 잘 가, 라고 인사하며 그대로 건물 옆을 돌아가고 있었다.

앞쪽으로 돌아가서 길가로 나가려는데, 바깥 유리문이 덜컥 소리를 내는 바람에 깜짝 놀랐다.

그러곤 문이 열리더니 안에서 사오가 튀어나왔다. 무슨 일인지 목욕탕 건물을 가로질러 맨발로 밖에 나온 것이다. 그리고 나를 향해 손을 크게 흔든다.

"언니, 잠깐만!"

심상치 않은 목소리에 나는 걸음을 멈추었지만, 동시에 뭔가가 빠르게 바람을 가르는 기척을 느끼고는 "위험해!" 하고 사오를 땅바닥에 밀어 넘어뜨리고, 그 위에 몸을 내던져서 막았다.

그리고 충격이 오기를 기다렸다. 방금 사오에게 떨어지려던 뭔가가 내 등허리에 부딪혀서 뼈를 부러뜨리거나 피부를 뚫고 지나갔을 터였다.

하지만 아무 일도 일어나지 않았다.

몇 초가 흘러 얼굴을 들려고 했을 때, 등으로 뭔가가 떨어졌다. 상상했던 것과 전혀 다른, 톡, 하는 가벼운 충격.

몸을 일으켜 옆에 떨어진 것을 주웠다. 주먹만한 울퉁불퉁한 돌멩이, 표면이 다 젖어 있었다.

목욕탕 입구에 엘렌이 늘씬하게 뻗은 다리를 어깨너비로 벌리고 서서 손바닥에서 물줄기를 뿜어내고 있었다. 반짝거리며 포물선을 그리는 그것이 지금은 하늘을 향하고 있지만, 방금 전까지 내 몸 위에서 떨어지는 돌을 받치고 있었다는 것을 알 수 있었다.

그리고 지금, 그 물줄기가 향하는 곳에 한 마리의 새가 날갯짓을 하며 어떻게든 도망치려 하고 있었다.

커다란 새, 처음 보는 종류의 새였다.

하지만 처음 보는 것 같지 않다는 생각이 들었다 ― 저런

새에 대해 들어본 적이 있었기 때문이다.

짙은 보랏빛이 도는 회색 깃털, 빨갛게 이글거리는 눈.

영리해 보이는 이마 아래로 움푹 파인 눈가를 사람처럼 찌푸리며, 금방이라도 말을 할 것처럼 부리 위쪽을 일그러뜨리며 퇴로를 막는 물줄기에 노여움을 표하고 있었지만, 엘렌이 자세를 다시 잡는 틈을 타 교묘하게 위로 도망쳐 그대로 수풀 사이로 사라졌다.

뱀처럼 꿈틀거리던 물줄기는 엘렌의 손에서 모습을 감췄고, 나는 한참 참았던 숨을 내쉬면서 틀림없다고 생각했다.

저 새는 구라이시 씨의 꿈에 나오는 새였다.

삼촌이 꿈에서 엘렌과 글렌의 창조주를 만났고 도움을 바란다는 말을 들은 것처럼, 구라이시 씨는 꿈에서 그 새와 만났고, 그리고 아마도 그 새의 말을 듣고 있었던 것이다.

"삼촌이 떨어진 건 그 새의 짓이었구나. 그리고 구라이시 씨의 짓이었던 거야."

임시 휴업을 하게 된 '행운 목욕탕'의 대기실에서 바닥에 다리를 쭉 뻗고 앉은 내가 사오에게 말했다.

그 후로 구라이시 씨는 연락이 되지 않았고, 만나기로 한 찻집에도 그런 사람은 오지 않았다고 한다.

기도 변호사님의 말로는 조금 전에 갑자기 잠시 일을 쉬겠다고 연락이 왔고, 본가에 급한 일이 생겼다며 일방적으로 말하고는 더 이상 전화나 문자, 아무런 연락도 되지 않았다고 한다.

지금 맡고 있는 업무가 몇 개나 돼서 어쩔 수 없이 전언을 부탁하기 위해 본가에 연락해보니 생판 남의 집이었다며, 많이 당황스러웠는지 선생님은 사무실로 전화한 내게 그런 것까지 털어놓았다.

그렇다, 구라이시 씨는 도망쳤던 것이다. 그 새와 했던 작당 모의가 실패로 돌아갔기 때문에.

삼촌이 돌아가신 일도 새의 명령이었는지 구라이시 씨의 제안이었는지 알 수는 없지만, 한패가 돼서 꾸민 것이 분명했다.

밤중에 목욕탕 지붕에 흰 천을 걸어놓은 다음, 다음 날 아침에 그걸 본 삼촌이 사다리에 오르도록 유도했다.

그리고 천을 향해 손을 뻗어 중심이 흔들린 순간을 노려 추억의 향수 냄새를 풍겼다. 기도 변호사님이 향수 이름을 말하는 걸 옆에서 듣고 있었으니 알아보면 구할 수 있었던 것이다.

"근데 왜? 삼촌이 시한부를 선고받은 것도 알고 있었는데, 왜 굳이?"

"언니를 위해서야."

나처럼 다리를 쭉 뻗은 동생과 둘이서 카운터에 등을 기대고 있었다.

"나 때문에?"

"아까 말한 삼촌 얘기 있잖아. 꿍꿍이가 있어서 여자한테 접근하는 남자는 딱 보면 안다고. 삼촌이 변호사님에게 그렇게 말했을 때, 구라이시 씨가 옆에서 듣고 있었을 거야. 그 말을 듣고 삼촌이랑 우리를 만나게 하면 안 된다고 생각했겠지. 그전에 죽여야겠다고 말이야. 자기가 언니랑 가까워지는 걸 방해할지도 모르니까."

서서히 사오가 하려는 말을 이해할 수 있을 것 같았다. 어쩌면 훨씬 전부터 어렴풋이 알고 있었는지도 모르지만.

구라이시 씨라는 인물은 협조를 강요당했는지 본인이 원했는지 모르겠지만, 글렌 그리고 엘렌과 대립하는 세력의 마물에게 협력을 맹세하고 어떠한 보수를 약속받았을 것이다.

특유의 매력으로 '행운 목욕탕'을 물려받는 자매 중 한 사람, 나이를 고려해 아마도 언니 쪽을 속일 계획을 세우고 있었다.

나중에는 결혼까지 끌고 가서 그 후로 나를 조종해 '행운 목욕탕'을 차지하거나 망가트리려는 속셈이었다. 어쨌든 글렌이나 엘렌은 내가 죽으라고 하면 죽게 되니까 말이다.

"삼촌을 죽이면 끝이라고 생각했겠지. 삼촌이 계속 여기 있는 줄 모르고 말이야. 그랬는데⋯⋯."

"내가 차를 마시면서 말을 잘못하는 바람에⋯⋯." 목욕탕을 계속 운영하는 게 삼촌이 원하시는 일이라고 말했던 것이다. "내가 삼촌을 만나고 있다는 걸 알고 그걸 멈추게 하려고 생각한 거구나."

"그렇지."

혹시나 하고 짐작이 가는 부분이 있어서 고객인 고지마 씨를 떠본 후에 글렌이 삼촌을 불러내고 있다는 것을 알고, 글렌을 다치게 만들면 그걸 막을 수 있을 거라고 추측했을 것이다. 구라이시 씨와 새 중에 어느 쪽이 먼저 말을 꺼냈는지는 모른다. 그런 구분에 의미가 없을 만큼 일심동체인 관계인지도 모르겠다.

"먼저 삼촌을 죽이고, 그다음에 영혼을 불러내는 걸 멈추기 위해 글렌의 손가락을 부순 다음, 이번엔 사오를⋯⋯."

사오를 습격한 것은 놀이공원을 다녀오는 길에 했던 나의 한마디가 계기였다. "동생은 예리한 면이 있어서 명탐정을 목표로 하고 있거든요."

그래서 이번에는 사오가 표적이 된 것이다. 삼촌을 제거한 것과 같은 이유로, 사오를 제거할 필요성을 느낀 것이다.

"그게 다 나 때문이라니." 나는 착잡한 심정으로 말했다.

"그것도 나를 좋아해서가 아니고."

"좋아하는 마음도 있었을지도 몰라."

사오는 그렇게 말했고, 나는 사오가 정말 바뀌었다는 생각을 했다.

전에는 그런 거짓말을 할 줄 아는 (착한) 애가 아니었는데.

그게 거짓말이라는 것을 나는 알고 있다. 구라이시 씨에게는 한순간도 나를 사랑하거나, 존경하거나, 위로하거나, 돕거나, 진심으로 대하려는 마음이 없었다는 것을.

그렇게 하겠습니까? 하고 목사님이 물으면 네, 라고 대답했을 것이다.

하지만 그 질문이 한 번뿐이고, 대답도 한 번만 해도 된다는 것에 안도했다.

마물이 아닌 인간이라도, 거짓말을 많이 하는 건 부담스러운 일이니까.

"마물이 아니라서 다행이라고 했잖아."

사오에게 물었다. 이번에는 내가 수수께끼를 해결할 차례인지도 모른다.

"내가 미무라 씨는 한 번 봤었지? 하고 물어봤을 때."

"응, 맞아."

설령 마음이 무겁더라도, 자신을 보호하기 위해 거짓말

이 필요할 때는 당연히 횟수에 제한이 없는 게 낫다.

마물이 아니라서 다행이라는 것은 그런 의미였다. 즉 사오가 미무라 씨를 만난 건 한 번이 아니다.

"사실 한 번 더 본 적이 있었던 거야. 그때 맞지? 누가 밀쳐서 미무라 씨가 넘어진 날, 밖에 숨어 있던 사람은 사오였어."

그날이었을 거라는 건 확신하고 있었다. 즉 미무라 씨를 밀친 것은 사오다. 하지만 사오가 왜 그랬는지, 아무리 생각해도 그 이유를 알 수가 없었다.

"왜 그랬어?"

내가 묻자 사오는 강아지를 닮은 눈가를 찌푸리고는, 물에 뛰어드는 것처럼 숨을 한번 크게 들이마시고 입을 열었다.

"그 사람이 언니를 좋아했으니까. 언니 얘기를 듣고 그렇다는 걸 알게 됐고, 재미있는 사람 같았고, 얼굴을 보니까 나쁜 사람도 아닌 거 같아서 언니랑 잘됐으면 좋겠다고 생각했거든."

단숨에 쏟아내는 말을 들어도 도통 영문을 알 수 없었다.

"그건 그렇다 치고, 그래서…….."

"근데 이대로라면 언젠가는 그 사람이 언니를 난감하게 만들 거라고 생각했으니까, 더 좋은 관계로 만들고 싶었어."

나는 사오와의 대화를 떠올렸다. 사랑보다 우정이 낫다

고 단언한 사오에게 '더 좋은' 남녀관계란 육체적인 요소가 전혀 개입되지 않는 것을 말하는 게 아닐까 하는 짐작은 갔다.

"그 사람이 삼촌처럼 되면, 그렇게 될 수 있을 거라고 생각했어."

순간 나는 사오가 무슨 말을 하는지 이해하지 못했고, 그걸 이해했을 때는 놀라움을 금치 못했다.

미무라 씨가 밤길에 쓰러져서 — 이 목욕탕 바로 앞에서 머리를 심하게 부딪치거나 해서 죽으면 삼촌과 같은 존재가 될 수 있다.

글렌이 불러내서 편할 때만 만날 수 있는 — 육체를 가지지 않고, 그에 얽힌 것을 요구하지 않는 존재가 되어 마음이 맞는 대화상대로 존재할 수 있다.

사오는 그런 생각을 하고 있었다는 것이다.

아마도 나를 생각해서.

너무나도 '연인'이라고 부를 수 있는 남성이 필요한 것 같은 언니에게, 이상적인 상대를 제공하겠다는 마음으로.

물론 실현되기는 힘들 것이다. 사오가 밀쳤다고 해서 성인 남자가 죽으리라고 보기는 어렵다. 엄청나게 운이 나쁘고, 여러 우연이 겹치지 않는 한.

사실 본인도 그건 알고 있었을 것이다.

잘 알면서도 자신에게 중요한 그 망상을 마음에 품고, 어둠 속에서 살금살금 다가가 미무라 씨의 등을 밀쳤다.

"근데." 나는 아직 어리둥절한 채 사오에게 물었다. "말이 안 되잖아."

"나도 알아, 이제는."

"이제는?"

"밀치기 전까지는 몰랐어 — 그러니까 밀쳤는데, 그랬는데…… 그러고 나서……."

사오는 입술을 굳게 다물고, 보조개 같은, 그렇지만 그것과는 의미가 전혀 다른 볼우물을 뺨에 새기며 잠시 아무 말이 없었다. 그러고는 갑자기 입을 열었다.

"언니, 그 사람 얼굴 봤지? 온통 상처투성이가 됐잖아."

"응."

"얼굴이 왜 그렇게 됐는지 알아?"

"그야, 쓰러질 때 손을 짚지 않았으니까 그랬겠지."

"아니야, 원래 손을 짚으려고 앞으로 손을 내밀었어. 근데 그 손을 갑자기 다시 들더니 얼굴로 떨어졌어."

"어? 일부러 그랬다고?"

"손을 짚으려고 했던 쪽에 작은 도마뱀이 있었어. 아직 조그맣고 등에 줄무늬가 있고 꼬리가 파란색이었어. 그 사람이 쓰러진 다음에 도마뱀이 천천히 움직이는 걸 보고 알

왔거든. 가로등 불빛에 파란 꼬리가 반짝거렸어. 그때 느꼈어. 이 사람은 대단하다고."

확실히 좀 대단할지도 모르겠다.

"가슴이 두근거렸어?"

"응."

"마음이 설렜어?"

"응."

"좋아하게 됐구나."

"맞아."

나는 미무라 씨를 생각했다. 뒤에서 밀쳐서 얼굴로 엎어지는 찰나에, 작은 도마뱀을 위해서 손을 들어올린 사람을.

미무라 씨를 살짝 다시 보게 된 것 같았는데, 그런 나의 얼굴을 사오가 곁눈질로 보고 묻는다.

"미무라 씨, 좋아졌어?"

"아니. 그런 의미로 좋다는 건 아니라는 말이야. 친구로서는 좋아할지도 모르겠다." 그 말에 거짓은 없다. 나의 '외모를 따지는 취향'은 여간해서는 없어질 것 같지 않으니까.

나도 참 바보 같다. 하지만 오늘은 진심으로 나의 취향에 감사하다는 생각이 든다.

우리는 나란히 카운터에 등을 대고 바닥에 다리를 뻗은 채 늘어져 있었다.

좋아했던 사람이 처음 만나기 전부터 자신을 이용하려 했고, 그걸 위해 삼촌의 목숨까지 빼앗은 것을 알게 된 나.

처음으로 좋아하게 된 사람이 자신이 아닌 언니를 좋아한다는 걸 알고 있는 사오.

다만 사오의 경우에는 지금 그렇다는 것뿐이지, 앞으로 어떻게 될지는 모른다. 당사자 앞에 모습을 드러낸 적도 없으니까.

그리고 구라이시 씨의 정체에 대해서는 나도 하나의 망상을 마음에 품고 있었다.

미무라 씨가 나의 이상적인 연인이 될 거라고 생각한 사오처럼, 첫사랑이 만나러 와주었다고 생각하는 삼촌처럼, 사실이 아니라는 걸 잘 알면서도 마음속으로 한 가설을 상상하고 있었다.

구라이시 씨는 마물과 결탁한 사기꾼이 아니라 자신이 마물이었는지도 모른다.

그러니 저 새는 구라이시 씨 본인이고, 그가 변신한 모습인 것이다.

주어진 임무에 실패하고 저 멀리 돌아가기 위해, 지금쯤 바다 위를 날고 있을 것이다.

구라이시 씨가 결코 웃옷을 벗지 않은 것은 접은 날개를 가리고 있었기 때문이라고 말이다.

사오와 내가 각자 바닥을 내려다보며 한숨을 내쉬고 있는데, 그 바닥에 그림자가 드리워진다.

"오늘 휴업을 하게 됐는데, 글렌에게 말을 늦게 하는 바람에 물이 이미 준비됐거든요." 엘렌이 계속 말했다.

"기왕 준비됐으니, 지난번처럼 두 분이 함께 들어가시면 어떨까요?"

후일담이 몇 개 있다.

어느 날 밤의 일이다. 사오가 좋아하는 텔레비전 프로그램 '미러클 불가사의 월드'를 둘이서 보고 있는데, 마지막 주제로 태평양을 부유하는 의문의 시체를 다루고 있었다.

드넓은 바다에서 어선에게 발견된 시신은 성인 남성의 것으로, 벼락을 맞은 듯 화상을 입었고, 높은 곳에서 떨어진 듯 뼈가 부러져 있었다.

육지에서 멀리 떨어진 위치에 있었는데도 그렇게 오랫동안 떠다닌 것처럼 보이지도 않을 뿐더러, 마치 상공에서 그곳으로 떨어져 해면에 부딪힌 것처럼 보였다고 한다.

이것만 봐도 기묘한 상황이지만, 더욱 신기하게도 그 시체의 등에 불에 타고 남은 날개의 흔적 같은 것이 희미하게 남아 있었다고 한다.

꺼림칙했기 때문에 건졌던 시체를 그냥 바다에 버렸다

— 어부들은 그렇게 말했고, 사람들은 지어낸 이야기라고 여긴다고 한다.

다만 아직 소년인 신입 선원이 몰래 찍은 흐릿한 사진이 딱 한 장 남아 있었고, 엎드린 등에 확실히 날갯죽지로 보이는 형태를 확인할 수 있었다고 한다.

우리는 아무 말 없이 서로 같은 생각을 하고 있음을 느끼며, 프로그램의 엔딩 테마가 흘러나오는 텔레비전을 껐다.

미나카타 글렌의 손가락은 정말 원래대로 돌아왔고, 삼주 정도 지나자 이제 삼촌을 불러낼 수도 있을 것 같다고 엘렌을 통해 전해 듣게 됐다.

오랜만에 만나는 삼촌을 위해 뭔가 하고 싶다는 생각에 서프라이즈를 준비했다. 삼촌의 추억이 담긴 그 향수를 찾아서 삼촌에게 추억 속 향기를 선사하는 것이다 — 이번에는 사다리에서 떨어질 염려도 없다.

그럴 생각으로 기도 변호사님에게 향수 이름을 물어봤는데, 인터넷에서 검색해보니 내가 용돈으로 사기에는 살짝 가격이 있다는 것을 알게 되었다. 다시 생각해보니 영혼이 향기를 맡을 수 있을지 알 수도 없는 노릇이었다. 어쩌면 좋을지 망설이며 휴대폰 화면에서 영롱한 파란색 바탕에 은색, 검은색 줄무늬가 들어간 케이스를 바라보고 있었다.

"어머, '리브 고쉬'구나. 생로랑에서 나오는."

엇, 하고 얼굴을 들자 평소와 다름없이 세숫대야가 든 보자기 꾸러미를 안고 있는 다치바나 씨가 카운터에 앉아 있는 내 손을 들여다보고 있었다.

"오랜만에 본다. 옛날에 우리 남편이 출장 갔다 오면서 선물로 이걸 사다줬거든. 결혼하기 전에."

그녀는 백발의 단발머리를 찰랑거리며 말했다.

"진짜 행복했지. 케이스도 예쁘고 향이 참 좋았어. 정말 아껴서 썼는데, 다 쓰고 나서 산 적은 없지만 가격이 이렇게 하는구나."

"저어……."

그러고 보니 다치바나 씨는 옛날에 학교 선생님이었다.

"다치바나 씨, 혹시 저희 삼촌을 예전부터 알고 계셨던 거 아니에요? 삼촌이 다닌 고등학교 선생님 아니셨어요?"

"어머, 어떻게 알았어?" 그녀는 약간 놀란 듯이 보자기 꾸러미를 다시 꼬옥 껴안았다.

"나는 결혼하고 이 동네에 살고 있었는데, 그 친구가 여기 왔을 때 바로 알아봤어. 학생들 중에서도 기억에 남는 학생이었나봐. 스다다 씨는 나를 알아보지 못했던 것 같지만."

"알아보지 못했을 거예요. 멋진 선생님이 계셨다는 얘기는 들었는데……. 아니, 제가 직접 들은 건 아니고, 그러니까……."

다치바나 씨는 밝게 미소 지었다. 이분의 이런 표정을 보는 건 아마 처음일 것이다.

"뭐, 남자들은 자기가 보고 싶은 것만 보니까." 여유가 느껴지는 말투다. "젊은 시절의 나를 기억했더라도 이런 할머니를 보고 떠올리진 못했을 거야. 이 얘기는 다른 사람들한테 비밀로 해줘. 그 양반 팬들은 말들이 좀 많아야지."

다치바나 씨는 사오의 이야기에 나온 여중생 같은 말 한마디를 남기고는 천막을 지나갔다.

자, 이렇게 해서 대립 세력의 계획은 허무하게 무너졌고, '행운 목욕탕'은 오늘도 무사히 영업 중인 것이었다.

직원은 엘렌과 글렌 남매. 물 흐르듯 우아한 걸음걸이의 엘렌과 울퉁불퉁한 바위처럼 단단한 체구의 글렌이다.

인건비가 저렴한 건 둘 다 마물이기 때문인데, 그걸 공개적으로 말할 순 없는 노릇이라 목욕탕 단골이기도 한 세무서 직원이 유심히 지켜보는 중이다.

조금 별난 구석이 있지만, 꽤 괜찮은 사람이기도 해서 나로서는 동생과 친해지길 바라는 마음이다.

그런 우리들이 운영하는 이곳, 행운 목욕탕에서 나는 카운터를 맡고 있고, 동생은 모습을 보이진 않지만 실은 동생

나름대로 단골손님들에게 서비스를 제공하고 있다.

　우리 목욕탕은 온천수도 아닌 평범한 온탕이지만, 물을 데우는 불에 비밀이 있는지 아주 살짝, 다른 목욕탕보다 더 몸이 따끈해질지도 모르겠다.

　문을 열자마자 어르신 손님들에게 둘러싸이는 것도 즐겁지만, 상담이 필요한 경우에는 널널한 오후 시간대에 카운터에 문의하는 것도 추천하고 싶다.

　혹시 오컬트 같은 걸 좋아한다면, 정기휴일을 앞둔 월요일 밤, 목욕탕이 문을 닫기 직전에 되돌아와서 슬쩍 들여다봤을 때 뭔가 재밌는 것을 보게 될 수도 있다…….

　이 모든 걸 경험하는 데 오천 원짜리를 내고 거스름돈까지 나오는 이곳.

　한번 꼭 찾아주세요! 내성적인 마물 직원과 모습을 보이지 않는 목욕탕 주인, 어쩌면 초록빛 영혼까지, 모두가 마음속으로 반갑게 맞이하겠습니다.

　행운 목욕탕에 오신 걸 환영합니다!